Ernst Heimes

Schattenmenschen

Erzählung

Was denkt und fühlt der Chauffeur eines SS-Offiziers und Kommandanten eines KZ-Außenlagers? Heimes erzählt von einem Mann, der sich im Abseits zu verbergen versucht, um seine Haut zu retten und doch zum Handlanger des Bösen wird. Und er erzählt von Hannes Roth, dem luxemburgischen »Fremdarbeiter«, der nicht weniger im Abseits zu überleben bemüht ist, bis er einen Versuch unterstützt, die Not der KZ-Häftlinge zu lindern und selbst zum Opfer der Gewalt wird: Zehn Jahre später erinnert er sich als ein an den Spätfolgen der erlittenen Folter Sterbender.

Die Erzählung beruht auf historischen Begebenheiten im KZ-Außenlager Cochem an der Mosel und den Lagern in Bruttig und Treis im Jahre 1944. Die Handlung ist frei erfunden, doch an tatsächlichen Geschehnissen angelehnt, die von Heimes seit mehr als einem Jahrzehnt erforscht werden.

Ernst Heimes, geboren 1956 in Cochem-Cond, lebt als Schriftsteller, Buchhändler und Kabarettist in Löf an der Mosel und in Koblenz. Seit 1976 neben Beiträgen in Zeitschriften und Anthologien sieben Bücher, zuletzt: *Ich habe immer nur den Zaun gesehen* (1992) und *Jude in Lehmen* (1993). – Zahlreiche szenische Lesungen sowie Auftritte in Rundfunk und Fernsehen. Seit 1988 politisch-literarisches Kabarett *Rohr verstopft*. Auslandsreise-Stipendium des VS und des Auswärtigen Amtes (1987), Arbeitsstipendium des Ministeriums für Bildung und Kultur, Rheinland-Pfalz (1992). Vorstandsmitglied des VS Rheinland-Pfalz.

Ernst Heimes

Schattenmenschen

Erzählung

Brandes & Apsel

Auf Wunsch informieren wir regelmäßig über das Verlagsprogramm.
Eine Postkarte an den Brandes & Apsel Verlag,
Zeilweg 20, D–60439 Frankfurt a. M., genügt.

Die Deutsche Bibliothek – CIP-Einheitsaufnahme:

Heimes, Ernst:
Schattenmenschen : Erzählung / Ernst Heimes. – 1. Aufl. –
Frankfurt a.M. : Brandes und Apsel, 1996
(Literarisches Programm ; 49)
ISBN 3-86099-449-2
NE: GT

literarisches programm 49

1. Auflage 1996

Lektorat: Volkhard Brandes
Umschlagabbildung: »Der schrecklichste Traum ist nicht so arg wie die Realität.« Acrylfarbe, Kreide und Kohle auf Papier, 1986. Aus dem Zyklus: »Auch Dinge haben ihre Tränen« von Herbert Friedl, Österreich.
DTP: Elke Daniel
Umschlagausführung: Petra Sartowski, Dolphin Promotions
Druck und Verarbeitung: F. M. Druck GmbH, Karben, Germany
Gedruckt auf säurefreiem, alterungsbeständigem und chlorfrei gebleichtem Papier

ISBN 3-86099-449-2

Zur Erinnerung an
Katharina Hermes

Das Schönste, das besteht,
ist ein Mensch, der geht
auf dem Weg
an dem anderen Ufer der Mosel.
Es gibt nichts Schöneres
als ein Mensch, der geht.
Es gibt nichts Schöneres
als ein Baum, der blüht
außerhalb des Stacheldrahtes.

Nicolai Pita,
ukrainischer Häftling im
KZ-Außenlager Cochem, Nebenlager Treis

...in Anbetracht dessen, daß in einem Zeitraum von dreieinhalb Monaten im Lager 95 Todesfälle registriert wurden, aber daß die Zahl weit *unter* der Wirklichkeit liegt, und daß es jetzt unmöglich ist, die *wirkliche* Zahl festzustellen, da die meisten Leichen im Krematorium verbrannt wurden...

Aus dem Rastatt-Urteil
der französischen Militärregierung,
Tribunal-Général,
31. Juli 1947

Vorwort

Die Geschichte dieses Buches beruht auf historischen Begebenheiten im Zusammenhang mit dem KZ-Außenlager Cochem an der Mosel und den Lagern in Bruttig und Treis im Jahre 1944. Die Handlung ist von mir frei erfunden, jedoch an die tatsächlichen Geschehnisse angelehnt, die ich seit mehr als einem Jahrzehnt erforsche und über die ich in meinem Buch Ich habe immer nur den Zaun gesehen *ausführlich berichtet habe.*

»Über Straßburg erreichten wir Cochem. Ein malerisches Moseldorf, dreißig Kilometer von Koblenz entfernt. Die Aussicht war prachtvoll. Hoch oben auf dem Berg eine Burg. Am anderen Ufer der Mosel standen deutsche Menschen und gafften, einfach aus Neugierde...«, erinnert sich der aus Flandern stammende KZ-Häftling Bert Aerts.

Für viele Menschen an der Mosel hat es jedoch bis heute kein Erinnern an die Verbrechen gegeben, die in ihrer Heimat begangen wurden und an denen einige von ihnen direkt beteiligt waren. Jahrzehnte ohne merkliche Rückbesinnung auf geschehenes Unrecht sind vergangen. An die vorsätzliche Vernichtung politischer Häftlinge und Kriegsgefangener durch Arbeit, Folter und Exekutionen fehlt das Gedenken.

Viele Politiker und Behörden behindern bis heute Forschungsarbeiten und vertuschen die Geschichte ihrer Region, statt eine öffentliche Auseinandersetzung und Aufarbeitung zu suchen. Daß die Greueltaten nicht im Abseits, sondern teilweise inmitten von Ortschaften geschehen sind, macht die Erinnerung daran für manche noch schwerer erträglich.

In Gesprächen mit Zeitzeugen – den Menschen vor Ort, ehemaligen Häftlingen oder sogenannten Fremdarbeitern – fielen Bemerkungen oft am Rande, die für unwichtig oder nebensächlich erachtet wurden, doch in Verbindung mit anderen Informationen einen Sinn ergaben. Manche Ereignisse wurden nur angedeutet, und ich mußte sie selbst zu Ende denken. Manchmal war es Scham, die es den Zeitzeugen verbot, mit bestimmten Schilderungen fortzufahren. Manchmal hinderte sie der Schmerz, den die Erinnerung hervorrief, am Weiterreden. Ehemaligen SS-Leuten verstummte die Sprache, wenn es um die Frage nach ihrer persönlichen Schuld ging. Erzählungen von Wachmännern verloren sich in gequältem Gestammel. Häftlinge wollten oft überhaupt nicht berichten, und wenn sie erzählten, klang es nicht selten, als sprächen sie von einer Urlaubsreise und nicht von ihrer Deportation. Manche leugneten Folter- und Tötungsdelikte durch die SS an Mithäftlingen, obwohl diese bei Gericht längst bewiesen waren. Sie spielten die wahren Begebenheiten herunter, um nicht die Grenze des für sie Erträglichen überschreiten zu müssen.

Ich lernte achtsam zu sein, wenn die Sprache meines Gegenüber aufhörte, versuchte zu verstehen, wenn mit Blicken und Gesten weitergeredet wurde, wenn Gesprächspartnern nur noch ein verlegenes Räuspern blieb.

Auch schriftliche Dokumente verrieten mehr, als auf den ersten Blick zu sehen war. Ich las zwischen den Zeilen, fügte die vielen Einzelinformationen zu einem Ganzen zusammen. Eine Liste, auf der mehr als 1500 Häftlinge namentlich mit Alter, Herkunft und Beruf verzeichnet sind, ist ein eindrucksvolles Zeugnis. Ich entdeckte eine Todesmeldung: Tod durch Erhängen. Der Name des Ermordeten steht auch auf der Liste, die nur wenige Tage vor der Todesmeldung verfaßt worden war. Was ereignete sich in den Tagen dazwischen?

Wo die Dokumentation aufhört, beginnt dieses Buch. Wo dokumentarisch nicht mehr weiter dargestellt werden kann, beginnt die Erzählung.

Die Figuren dieses Buches entsprechen damals lebenden Menschen. Manche von ihnen leben noch heute. Ihr Charakter und ihr Handeln sind im Text an die Wirklichkeit angelehnt. Sämtliche Namen sind jedoch frei erfunden. Namensgleichheit mit tatsächlich lebenden Personen wäre daher rein zufällig.

Die Landschafts- und Naturbeschreibungen, die Schilderungen von Bauwerken, Ortslagen usw. entstammen vorwiegend meiner Kenntnis der Örtlichkeiten oder sind aufgrund alter Bilder und

Beschreibungen entstanden. Einige Ortsnamen wurden von mir geändert.

Jahrzehntelanges Schweigen um Ereignisse, wie sie im KZ-Außenlager Cochem und an vielen hundert anderen Orten in Deutschland und anderen Ländern unter NS-Besatzung stattfanden, hat dazu geführt, daß es heute harter und unermüdlicher Anstrengungen bedarf, diesen Teil der Geschichte aufzuarbeiten und für die, die sie nicht erlebt haben, so darzustellen, daß deutlich wird, warum es ein Verdrängen und Vergessen nicht geben darf. Dieses Buch ist ein Versuch in diese Richtung.

I

Wir trinken bei jeder Gelegenheit Wein und essen Kirschen. Trinken? Was rede ich? Wir saufen, bis wir nicht mehr denken können, Moselwein, ganz vorzüglich, wie ich einen solchen noch niemals in Berlin getrunken habe. Es gibt Obst, soviel der Magen vertragen kann, insbesondere Kirschen, zuckersüße Herzkirschen, ganz schwarz, von der allerbesten Sorte. Die wachsen hier wild und verfaulen in rauhen Mengen auf dem Boden oder werden von den Vögeln geholt. Soviel Wein und Obst habe ich mein Lebtag noch nicht zu mir genommen. Wir sitzen fast jeden Abend im *Guten Onkel* und lassen uns die allerbesten Jahrgänge auftischen, und an den Wochenenden laufen wir in das wohl schönste Dorf weit und breit. Beilstein. Wir gehen zwanzig Minuten an der Mosel entlang flußaufwärts, kehren dann in eine Weinstube ein, in der man sich vorkommt wie in einem Rittersaal. An den Wänden hängen geschmiedete Waffen und Rüstungen, und über dem bruchsteingemauerten Kamin ist ein echtes Bärenfell ausgebreitet. Man sitzt in mittelalterlichen Holzsesseln mit ulkigen Formen um eine Tafel herum. Die ist in einem Stück aus dem Stamm eines einstmals gigantischen Baumkolosses herausgeschnitten worden, der auf der Höhe über dem Ort gestanden hat. Das weiß die Wirtin von ihrem Großvater. Wir trinken aus Zinnbechern, und der Wein wird nicht wie im *Guten Onkel* aus Flaschen ausgeschenkt, sondern in Steinkrügen aus dem Keller heraufgetragen. Im Dunkeln laufen wir zurück, halten uns dicht beim Straßengeländer, das uns vor allzugroßen Torkelschlägen und einem Sturz ins Gestrüpp der Uferböschung schützt. Wir brauchen für die Strecke zurück zwei- bis dreimal so lange wie für den Hinweg.

Seit Mitte des Monats bin ich der Fahrer unseres Kommandoführers, der Chauffeur, aber das ist französisch und wird nicht gerne gehört. Mein Dienst ist jetzt leichter. Ich sitze die meiste Zeit im Wagen und warte, aber ich habe weniger Freizeit, und mit der Sauferei muß ich auch langsam machen. Ich bin einer der wenigen unseres Kommandos, die eine Fahrerlaubnis besitzen, und da ich von diesen der Älteste bin, habe ich den Posten bekommen. Wir fahren in Busses schwarzem Tatra vom Typ 57 K hauptsächlich im Tunnel und zwischen den beiden Lagern hin und her und ab und zu nach Cochem. Die Pflege des Wagens gehört neben der Fahrerei zu meinen wichtigsten Aufgaben. Busse ist da sehr pingelig. Die Kiste muß glänzen wie ein Lackstiefel, sagt er. Und das tut sie auch. Während ich auf ihn warte, bleibt mehr als genug Zeit, sie immer wieder mit weichen Lappen, die ich in einem Gerätekasten im Wagenheck deponiere, zu wienern. Soviel Blech hat die Kiste nicht, wie ich Zeit habe. Deswegen komme ich ziemlich viel zum Nachdenken über all das hier. Ich mache mir Notizen, weil ich manchmal denke, das erlebst du doch nicht wirklich, das kann doch unmöglich die Wahrheit sein. Wenn die Situation gerade günstig ist, schreibe ich mir schnell das auf, was ich nicht wirklich zu erleben glaube und was, wie ich meine, nicht wahr sein kann, und am nächsten Tag lese ich meine Aufzeichnungen wieder und weiß, es ist die Wahrheit. Dann bekomme ich Lust auf Saufen und wünsche, daß es schon Abend wäre. Seit ich Fahrer bin, geht mein Dienst meistens bis in die Nacht. Dann sitzt Busse drinnen im Gasthaus, und ich sitze hier in der Karre und warte und denke nach und werde schwermütig.

Busse stinkt immer nach Schnaps, wenn er erst weit nach Mitternacht herauskommt und sich ungehobelt auf den Rücksitz knallt. Ich fahre ihn dann über den Berg nach Moselay, wo er ein Zimmer bei Privatleuten bewohnt und wo auch ich, wenn der *Gute Onkel* schon geschlossen hat, mein Quartier in der Baracke vor dem Lager aufsuche. Seit ich Fahrer bin, schlafe ich schlecht. Als ich noch beim Wachdienst eingeteilt war und den ganzen Tag auf Posten stehen mußte, habe ich gepennt wie ein Murmeltier. Jetzt wälze ich mich den Rest der Nacht von der einen Seite auf die andere, so daß mein Kamerad im Bett über mir wach wird und mit dem Kissen nach mir schlägt.

Busses Stammlokal ist das Hotel *Froher Weinberg* am Moselufer in Tessem. Hierhin bringe ich ihn jeden Abend, und dann geht die Warterei los. Warum hat er sich kein Lokal in Moselay gesucht, von dem aus er zu Fuß nach Hause gehen könnte? Ich hätte dann die ganze nächtliche Fahrerei vom Hals gehabt und müßte nicht immer soviel nachdenken.

Sicher, ich könnte mich auch drinnen aufhalten, im *Frohen Weinberg*. Aber Busse erwartet, daß ich stocknüchtern bin, wenn ich seine Karre fahre. Soll ich also den ganzen Abend dasitzen und an einem Glas Wasser herumnuckeln und zusehen, wie es sich andere gutgehen lassen? Nein, da bleibe ich doch lieber gleich hier sitzen.

Ab und zu vertrete ich mir die Füße, gehe die paar Schritte bis zum Fluß, dorthin wo der Nachen liegt, und werfe Kieselsteine ins Wasser. Ich werfe sie in die Nacht und lausche ihnen nach. Ich flitschere flache, rundgeleckte Steine über die Wasseroberfläche, folge ihnen, bis die Dunkelheit sie wegnimmt. Dann stelle ich mir vor, sie hüpften immer weiter so die Mosel hinunter bis Koblenz, bögen dort ab in den Rhein, titschten über Kanäle und Flüsse bis in die Spree und in den Landwehrkanal hinein. Dort würden sie das Ufer erreichen, da wo *unser* Weg ist, und meine Mucki sähe bei ihrem Abendspaziergang einen meiner Steine landen. Sie würde ihn aufheben und beim Berühren einen schwindenden Hauch Wärme von meiner Hand spüren, sie würde ihn küssen und nach Hause tragen.

Bis an das Flußufer gehe ich. Weiter nie. Die Vorstellung, Busse käme aus dem Wirtshaus und ich wäre nicht sofort zur Stelle...!

Mein Vorgänger, Obergefreiter Willibald Sönnlein, marschiert jetzt in der Kolonne, der Arme. Sönnlein ist klein und hat eine solche Wampe, daß ich mich frage, wie er überhaupt hinter dieses Lenkrad gepaßt hat. Von seiner Art her wirkt er seltsam unfreundlich, auf Anhieb. Er fuchtelt ständig mit den Händen herum, als hätte er keine Kontrolle über sie oder als wolle er jeden Versuch, den ein anderer unternehmen könnte, mit ihm in Kontakt zu treten, durch sein Gefummel abwehren. Die einzige Möglichkeit, seine Finger in Ruhe zu versetzen, scheint zu sein, sie über seinem Dickbauch wie zum Gebet zu verschränken – oder zu schlafen. Kameraden aus seiner Stube versichern glaubhaft, daß er nachts daliege wie ein nasser Sack, ganz ruhig. Hat Sönnlein seine Hände auf dem Bauch gefaltet, zieht er die Nase hoch, spuckt dann aus, als wäre ein Wettbewerb angesagt und schaut unschuldig durch seine dickglasige Brille in eine Ferne, die sich nur ihm zu offenbaren scheint. Aber er ist ein guter Autofahrer, das wissen alle, und er trinkt nie.

Heute vor genau zwei Wochen chauffierte Sönnlein Busse und den einäugigen SS-Hauptsturmführer, den hier alle SS-Augenklappe nennen, in den Tunnel. Sie hatten das nach Moselay hin gelegene Portal durchfahren, da befahl Busse: Hier anhalten! Sönnlein stoppte, stieg aus, öffnete den Herren die Wagentür mit einer leichten Verbeugung, als wolle er den Versuch unternehmen, über seine Wampe hinweg auf den Boden unter sich zu schauen. Seine linke, freie Hand schlackerte dabei vor seinem Hinterteil, als wolle er einen Mückenschwarm verjagen. Die beiden Herren gingen vielleicht hundert Meter weiter in den Tunnel hinein und verschwanden in einem der unterirdischen Gebäude. Soviel ich gehört habe, sollen demnächst Teile für die V1 darin gefertigt werden. Obergefreiter Sönnlein stand an seine Karre gelehnt, die jetzt meine Karre ist, die Hände vor dem Wanst zusammengeklappt und schaute in die besagte, nur ihm eigene Ferne. Daß ihm der Qualm der Zigarette, die ihm im Mundwinkel hing, unter seiner dicken Brille hindurch am Auge vorbeizog und am oberen Brillenrand wie aus einem Schornstein wieder austrat, schien ihn nicht zu stören. Mir begannen die Augen zu tränen, allein vom Hinsehen.

Ich hatte auf eine Gruppe von sechs Russen aufzupassen, die Steinbrocken in eine Kipplore füllten. Ich war alleine mit ihnen, denn es lohnt sich nicht, für eine Gruppe von nur sechs Russen einen Kapo abzustellen, der sie antreibt. Bei mir konnten sie sich Zeit lassen. Nur als ich den Tatra der SS kommen sah, brüllte ich etwas von *Schweinen* und *Beeilung*. In der vorangegangenen Nacht hatte sich ein Felsbrocken in der Tunneldecke gelöst und war herabgestürzt. Seitdem tropfte von dort Wasser herunter. Meine sechs Russen waren total durchgeweicht und ähnelten eher beweglichen Putzlumpen als lebendigen Menschen. Ich hatte mich in sicherem Abstand aufgebaut, denn immer wieder rutschten kleinere Steinbrocken nach und stürzten aus dem Tunnelgewölbe herab.

»Morgen Sönnlein!« rief ich.

Die Zigarettenpackung, die nur halb in der Brusttasche seiner viel zu engen Uniformjacke verschwunden war, schien noch gut gefüllt, jedenfalls soweit ich das bei dem schlechten Licht beurteilen konnte.

»Morgen ist Sonntag«, brummte er zurück, wohl schon ahnend, was ich von ihm wollte. »Willst 'ne Kippe?«

»Laß nur, Sönnlein, so war das nicht gemeint«, heuchelte ich.

Er stieß sich mit einem Ruck von seinem Automobil ab, das jetzt meines ist, kam behäbig auf mich zu geschlappt und hielt mir mit fahrigen Bewegungen eine Zigarette entgegen. Ich nahm gerne an.

»Los, weitermachen!« rief ich meinen Russen zu. Sie hatten aufgehört zu arbeiten und gafften uns aus ihren großen Glupschaugen an.

»Weitermachen!« rief ich diesmal energischer. Sie rührten sich nicht. Einer, den sie Stalin nennen, er sieht aus wie ein richtiger Russenbär, sagte: »Zigarett, bitte Zigarett.«

Ich brachte meine alte Mauser in Anschlag, die, zugegeben, nicht mehr die treffsicherste ist, aber ihre respekteinflößende Wirkung in aller Regel nicht verfehlte.

»Ihr Hunde, macht weiter!«

»Halt jetzt bloß die Schnauze«, zischte Sönnlein und stieß meinen auf die Russen ausgerichteten Gewehrlauf zur Seite. Seine Stimme klang plötzlich drohend. Dann drehte er sich um, ungewöhnlich flink, und lief zu den Russen, die abwarteten, was geschehen würde. Sönnleins Hände schlotterten heftiger, als ich es jemals zuvor bei ihm gesehen hatte, und dann lag das Päckchen mit den Zigaretten auch schon vor den Russen im Dreck. Stalin stürzte sich sofort wie ein Tier darauf und ließ es – *schwupp!* – in seiner Hose verschwinden. Die fünf anderen schienen nichts dagegen zu haben, daß *er* es einsteckte, denn sie klopften Stalin nacheinander auf die Schulter und machten dabei einen solchen Lärm, wie nur Bolschewiken einen machen können. Um der Lage wieder Herr zu werden, brachte ich die Mauser erneut in Anschlag und brüllte, wenn sie nicht sofort ihre Fressen hielten, würde ich sie alle kalt machen.

Zu diesem Zeitpunkt stand Busse schon hinter dem Automobil. Sönnlein, der inzwischen wieder seine Ruheposition vor der Karre eingenommen hatte, und ich bemerkten ihn allerdings erst, als die Russen ungeachtet meiner auf sie gerichteten Gewehrmündung wie angewurzelt dastanden und angstvoll ihre Glupschaugen aus den mageren Knochengesichtern in die Richtung hervortreten ließen, wo Busse stand.

Wäre jetzt doch der Rest der Tunneldecke auch noch eingestürzt und hätte uns alle begraben...!

Sönnleins Hände verformten sich über seinem Bauch zu spastisch zuckenden Krallen. Der ganze Sönnlein begann zu vibrieren, und immer noch an das Automobil gelehnt, wurde sein runder Leib wie von Dämonen geschüttelt, und dann stand er plötzlich da, steif und unbeweglich wie ein Brett.

»Obergefreiter Sönnlein, einsteigen!« befahl Busse kühl. Als habe man ihn mit einem Eimer kaltem Wasser wieder zum Leben erweckt, nahm Sönnlein schlagartig Haltung an, haspelte einen Satz, den niemand verstehen konnte, öffnete Busse die Wagentür, vollzog dabei seine komische Verbeugung, rannte um die Karre herum zur Fahrerseite, quetschte sich mit Mühe hinein und klemmte sich hinter das Lenkrad. Der Motor orgelte kurz und heulte dann so wehleidig auf, daß ich fürchtete, Sönnlein hätte einen Krampf im rechten Fuß bekommen. Ein Ruck nach vorn, und der Wagen stand wieder. Diesmal orgelte der Motor länger. Ich brüllte die Russen an, die statt zu arbeiten, diesen für einen Chauffeur unwürdigen Abgang begafften. Langsam hoppelte der Wagen davon mit Sprüngen wie ein scharfer Ziegenbock.

In der Nacht zum Sonntag hatte sich durch das herabfließende Wasser wieder ein Felsbrocken aus der Decke gelöst – viel massiger noch als zuvor –, war in den Tunnel herabgestürzt und zu einem meterhohen Steinhaufen zerborsten. Ich stand vor einem Trümmerhaufen, wörtlich genommen, denn ich mußte Sonntagmittag in den Tunnel einrücken, um die Häftlinge zu bewachen, die hier wieder Ordnung schaffen sollten. Mittags um zwei löste ich meinen Kameraden ab, der Frühschicht hatte. Bei der Übernahme ließ ich die Häftlinge antreten. Die Russen waren nur noch zu fünft. Stalin fehlte. Drei noch ziemlich kräftig aussehende Italiener waren dazugekommen und ein kleiner Dicker, der zu weinen begann, als ich ihn nach seinem Namen fragte. Sönnlein.

Ich bin fürwahr kein Unmensch. Aber verrückt bin ich auch nicht. Ich versehe meinen Dienst, so gut ich kann. Ich will hier heil raus, verdammt! Ist das denn eine Sünde? Nur heil rauskommen will ich, sonst nichts!

Busse hat gesagt: »Sie werden sehen, mein Lieber«, wenn er gesoffen hat, wird er gesprächig und nennt mich *mein Lieber*, »jetzt, wo der Führer seine Wunderwaffen einsetzt, wird schnell Schluß sein mit dem Krieg.«

»Jawoll, Herr Untersturmführer«, hatte ich geantwortet, worauf er nur knapp bemerkte: »Ab heute heißt das Obersturmführer! Verstanden?«

»Jawoll, Herr Obersturmführer. Meinen Glückwunsch, Herr Obersturmführer.«

»Gutgut, fahren Sie los!«

Daß Schluß sein wird mit dem Krieg, darauf warte ich, daß ich in meine Stadt Berlin zurückkomme und meine Mucki in die Arme schließen kann. Bis dahin heißt es ruhig Blut und durchhalten. Den Arsch rausstrecken, damit dem Kopf nichts passiert. Vor allem nicht auffallen. Wenn die hier erst einmal ein Auge auf dich haben, dann bist du schnell weg vom Fenster. Aber was kann mir passieren? Hätte Busse mich zu seinem Fahrer gemacht, wenn er mich nicht abkönnte? Na also! Wenn er das so will, werde ich die Karre polieren, bis der Motor frei liegt, und Busse fahren, wann und wohin er will. Es ist Krieg, mein Gott! Ich bin Fahrer, also fahre ich. Wer an der Front liegt, muß schießen und vielleicht sterben. Wer hier im Lager oder auf der Baustelle Wache schiebt, hat reinzuhalten, wenn ein Pollack oder Russki aus der Reihe tritt, sonst ist er selber dran. Ich bin Fahrer und habe auf die Straße vor mir zu achten, die Karre zu wienern, auf Busse zu warten. Sonst nichts.

Dem Werner sei ein Trullala, Trullala, Trullala,
dem Werner sei ein Trullala, Trullala!
Vielleicht ist noch ein Werner da, Werner da, Werner da,
vielleicht ist noch ein Werner da, Werner da!

Die drei Frauen sind aufgestanden und haben sich auf die Stühle gestellt.

»Applaus!« ruft einer, und die Gesellschaft klatscht in die Hände, johlt begeistert. Werner Busse erhebt sich, schaut in die Runde, so als suche er jemanden und verkündet: »Sonst kein Werner mehr da!«

»Liebes Wernerchen, zu deiner Beförderung zum Obersturmführer gratulieren dir Lissbeth...«

»...Änne...«

»...und die flotte Lily.«

»Ich danke meinen Zuckermäusen!« ruft Busse. Gleichzeitig dringt die Frage in den Raum: »Was sagst de nu, Werner?« Die Frauen auf ihren Stühlen haben schon das nächste Lied angestimmt, bei dem sie die Röcke zum Cancan heben, hin und her wedeln und ihre entblößten Beine den Männern entgegenstrecken. Ein Sektkorken kracht und schießt an die Holzdecke. Aus der Flasche quillt übermütig Schaum.

»Gläser her!« schreit Busse und lenkt so die Aufmerksamkeit auf sich. Die tanzenden Damen geraten irritiert aus dem Takt. Auf dem mittleren Stuhl balanciert Änne und stolpert, greift laut juchzend nach den Armen ihrer Nachbarinnen, will sich festhalten.

»Hu!«

»Paß off, Änne, ich fallen!«

Hauptmann Brückner, der am dichtesten an der improvisierten Bühne aus Stühlen sitzt, springt auf, um die stürzende Änne zu retten, wobei er die Arme weit heftiger als nötig um sie schlingt.

»Ich bitte die Damen vielmals um Entschuldigung«, sagt Busse, der erkannt hat, daß das ganze Durcheinander nur durch seinen Sektkorken entstanden ist.

»Ich schlage vor, ihr tanzt jetzt erst einmal zu Ende, und dann trinken wir. Also, los geht's! Hauptmann Brückner, wenn Sie die Dame bitte freigeben würden.«

Alle lachen. Der Kavalier Brückner hält Änne, die ihr körperliches Gleichgewicht längst wiedergefunden hat, noch immer in einer Umklammerung, als müsse er sie am Weglaufen hindern. Das hat sie aber, wie sich jetzt zeigt, keineswegs vor. Sobald sie ihre Beinfreiheit wiedererlangt hat, stemmt sie die Hände in die Hüften und befiehlt: »Also nochmal, meine Damen, drei, vier!«

Das Gehopse beginnt von neuem. Die Männer versuchen rhythmisch in die Hände zu klatschen. Da ruft Änne: »Die Damen, Pointe: jetzt!« Auf dieses Kommando hin drehen sie sich ungeschickt auf den Stühlen, verneigen sich heftig, lassen die Röcke hinten hochfliegen und strecken nacheinander ihre entblößten Hinterteile den Männern entgegen, die verdattert in absoluter Stille verharren und erst in jubelndes Gelächter mit Bravorufen ausbrechen, als Hauptmann Brückner unüberhörbar einen fahren läßt.

»So stehnbleiben!« Wollinger springt auf, sein Stuhl scheppert hinter ihm zu Boden. Er zwängt sich hinter Schimpf und Brückner an der Wand vorbei nach vorn, wo die Hintern der drei Damen noch immer geduldig abwartend in die Runde lachen. Vor diesen bezieht er Position, geht auf der Suche nach dem idealen Anstellwinkel in die Knie und fuchtelt nervös mit dem Fotoapparat vor seiner Nase herum.

»Ja! So ist gut.«

Ein Blitzlicht färbt das blanke Fleisch für einen kurzen Moment weiß.

»Erst lecken oder erst trinken, was meint ihr?« quiekt Schimpf wie eine junge Wutz. »Ich wüßte, was ich lieber täte«, kichert er und gibt sich selbst die Antwort: »Beides!«

»Aber Herr Kreissekretär wollen doch erst mit uns anstoßen!«

»Sicher, sicher!«

»Also dann Prost, meine Herren!«

Mit viel zu großer Geste erhebt Busse das Glas. Die Frauen lassen ihre Röcke zögerlich nach unten gleiten, drehen sich um, unsicher, ob sie damit das richtige tun.

»Schade«, murmelt Brückner.

»Trinken wir auf Busse und seinen neuen Dienstgrad!«

»Meine Damen, Sie waren großartig! Ich wußte überhaupt nicht, daß es an der Mosel so knackige Weiberärsche gibt.«

»Mitunter knackt da noch mehr, Herr Kreissekretär«, und mit einem kurzen »Ist es erlaubt?« läßt Änne sich auf Schimpfs Oberschenkel nieder. Ausgerechnet auf Schimpfs!

»Herrlich, wie sich das reimt! Kinder, das ist ein Gedicht!« amüsiert dieser sich und wiederholt: »Herr Kreissekretär, bei mir knackt noch mehr!«

»Herr Kreissekretär, die Flasche ist leer!« johlt Busse und schleudert die Sektflasche über die Köpfe seiner Tischnachbarn hinweg durch das geschlossene Fenster nach draußen. Lissbeth kreischt vor Vergnügen.

»Alle Mann in Deckung!« ruft Brückner.

Einen Augenblick lang sind alle still und lauschen. Dann hören sie draußen die Flasche zerschellen.

»Das, meine Herren, war das Zeichen«, sagt Busse feierlich, »der Zirkus kann beginnen.«

Niemand weiß, worauf sich Busses Äußerung bezieht, nur Schimpf scheint etwas zu ahnen.

»Wie damals, Busse?«

»Besser!«

»Was gibt's denn?« will Lily wissen.

»Klappe, Lily, wirst schon sehn. Geh' du erst mal runter zum Wirt und laß dir eine Flasche Trester und Schnapsgläser geben, sag ihm, von dem Guten, hätte ich gesagt.«

Lily zieht eine Schnute. Eine Ente. Ein trotziges Kind. Aber sie gehorcht, zupft sich die Kleider zurecht, korrigiert mit flotten Handbewegungen die Frisur.

»Immer werde *ich* geschickt«, mault sie.

Im Türrahmen zum Treppenhaus dreht sie sich um und streckt Busse die Zunge heraus.

»Wart, daß ich dich kriege, du..!« ruft dieser.

Gepolter draußen auf der Treppe. Geschrei. Worte sind nicht zu verstehen. Keiner sagt mehr etwas. Brückner gelingt es, einen unaufhaltsamen Furz fast geräuschlos entweichen zu lassen. Die Hände des Kreissekretärs sind in Ännes Bluse verschwunden. Beide. Busse grinst. Genießt sichtlich, daß er als einziger weiß, was es mit den Geräuschen auf der Treppe auf sich hat, zwinkert Lissbeth zu und kneift sie in die Taille.

»Au!«

Alle starren auf die Tür, außer dem Kreissekretär, der weiter vordringt und erst mit seiner Nase, dann mit dem ganzen Kopf zwischen den Brüsten der Frau verschwindet. Änne reckt den Hals, gafft in den Saal. Schimpf schwitzt und ist ständig von einem Dunstmantel muffigen Geruchs umgeben, wie gammelige Pilze.

Wortfetzen und wieder Geschrei und Disput. Eine Frauenstimme. Das ist Lily. Sie kommt hereingestolpert, als habe sie jemand von draußen gestoßen. Sie trägt einen Korb zum Tisch. Die Gläser darin rappeln.

»Hier habt ihr euren Schnaps! Und der angekündigte Zirkus hat offenbar schon auf der Treppe begonnen. Scheint, euer Hauptakteur will nicht so recht.«

Alle Blicke hängen jetzt an der halboffenen Tür. Sogar der Kreissekretär schielt vorwitzig aus einem Winkel der Bluse hervor. Den Büstenhalter, den er gottweißwie gefischt hat, läßt er unbemerkt unter seinem Stuhl verschwinden. Gepolter. Holz und Knochen! Es rumst. Die Tür fliegt auf. Ein Mann stürzt herein, knallt trocken auf die Dielen, die Arme in Handschellen auf den Rücken gebunden, eine kurze Kette zwischen den Fußgelenken. Trotzdem steht er sofort wieder. Dahinter ein Sturmmann:

»Der Häftling Nummer 16220, wie befohlen, Herr Obersturmführer.« Der Sturmmann hechelt, hochroter Kopf.

»Binden Sie ihn fest. Dann machen Sie Feierabend.«

»Jawohl, Herr Obersturmführer. Danke, Herr Obersturmführer.«

»Hat das Russenschwein Ärger gemacht?«

»Jawohl, Herr Obersturm..., er hat sich gewehrt, als ich ihn die Treppe hinauf...«

Der Sturmmann löst dem Häftling die Handschellen, versetzt ihm von hinten einen Stoß und zerrt seine Arme um die mächtige Holzsäule, die in der Mitte des Raumes die Saaldecke stützt. Dann läßt er die Handschellen wieder einrasten.

»Ooch, wie hat er den Pfeiler lieb«, höhnt Lissbeth, »daß er ihn so umarmt.«

Busse steht auf und verkündet feierlich, daß nun der Höhepunkt des Abends gekommen sei. Er habe anläßlich seiner Beförderung extra ein, wie er sagt, Russenschwein aufbewahrt, um es heute abend feierlich zu schlachten.

»Heut wird die Wutz geschlacht'! Ich schlage vor, wir beginnen mit dem beliebten Spiel *Fußabtreter.*«

»Darf ich anfangen, Wernerchen?«

»Bitte sehr, tritt rein, das ganze Schwein ist dein«, antwortet dieser.

»Die Polen sind nur zu ertragen, wenn wir sie durch den Ofen jagen«, quiekt es zwischen Ännes Brüsten hervor.

»Das ist ein Russe, Kreisleiter, ein verdammter Russe.«

»Ist doch egal.«

»Passen Sie auf, meine Herren Offiziere!« Lissbeth hat sich hinter dem Häftling aufgebaut, greift nach seiner Leinenhose und reißt sie ihm mit einem Ruck vom Leib. Seine Bein- und Beckenknochen drücken von innen Beulen in die Haut.

»In Deutschland weiß ein jeder Meier«, plärrt sie, »der Russe hat die größten Füße!« Dabei hebt Lissbeth ihren Rock an, geht einen kleinen Schritt zurück und tritt mit Schwung auf den Gefangenen ein. Sie trägt spitze Schuhe. Ihr Fuß trifft genau. Einen Augenblick lang geschieht nichts. Dann gleitet der Mann stumm am Balken hinunter. Gleichzeitig bricht die Meute in Gebrüll aus.

»Laß uns auch noch was von ihm übrig, Lissbeth!«

Lissbeth genießt den Lärm, der um sie und ihren Tritt entstanden ist, läßt sich feiern, und als es leiser zu werden droht, greift sie erneut nach ihrem Rock, lüpft ihn in die Höhe und läßt ihn diesmal mit keckem Ruck und spitzem Hüftschwung so weit nach oben gleiten, daß ihr buschiges Dreieck erscheint. Zum Gebrüll und Gejohle kommt jetzt noch Getrampel hinzu. Brückner schlägt mit der flachen Hand auf den Tisch, daß die Schnapsgläser einen Satz machen, zwei kippen sogar um: »Das gibt es doch nicht!«

»Doch, das gibt es.« Lissbeth gefällt es sichtlich, daß die Männer völlig aus dem Häuschen geraten und tritt, ihr Gebüsch vor sich her tragend, an den Tisch heran, worauf sie schwungvoll ihr linkes Bein hebt, den Fuß auf den Tisch aufsetzt und damit ihr Geschlecht den Blicken der Offiziere völlig preis gibt. Kreisekretär Schimpf kommt aus der Bluse hervorgekrochen und begafft mit offenem Maul und zerzausten Haaren, was Lissbeth darbietet.

»Das gibt es doch nicht!« Brückner wiederholt sich.
»Zugreifen, Hauptmännchen«, provoziert Lissbeth, »jetzt oder nie!«
Eine Glasfüllung Moselwein landet unerwartet auf Lissbeths dreieckiger Haarpracht.
»Einpacken!« befiehlt Busse.
»Aber Wernerchen...«
»Einpacken!«
Erschrocken streift die Frau ihr Kleid nach unten. Alle sind still, gaffen verblüfft auf den Obersturmführer. Ihr herausfordernder Auftritt hat sich zu einer Konkurrenzveranstaltung zu der von ihm geplanten Vorführung entwickelt. Kleiderstoff reißt – *krrrschschsch*! Schimpf hat sich endgültig befreit, dabei Ännes Bluse völlig ruiniert. Busse steht auf, trägt seinen Stuhl in die Mitte des Raumes und zerschlägt ihn an der Säule. Änne ist bemüht, ihre mächtigen Brüste unter dem Stoffetzen, der ihre Bluse gewesen ist, zu verstauen. Holzsplitter, Stuhlstücke schwirren durch den Saal und knallen wider die Wand. Änne reckt die Arme hoch, verfängt sich in den Armlöchern, schiebt den Kopf durch das bestickte Spitzenkrägelchen, da macht es *ratsch!* und ihr Busen schwappt unumkehrbar ins Freie. Busse hält jetzt nur noch ein Stuhlbein in der Hand. Am Boden kauert winselnd der Mann an der Säule.
»Ist auch egal!« Sie reißt sich die übrigen Stoffetzen vom Körper, schmeißt sie zu Boden, wackelt augenzwinkernd in die Runde.
Nur Brückner reagiert knapp: »Gott, was 'n Milchgeschäft!«
»Aufstehn!« Der Mann blutet an der Stirn. Busse schlägt auf den Kopf, den Rücken, die Beine, wo er gerade hintrifft. Seine Erregung steigt.
»Aufstehn!«
Das Stuhlbein zerbricht unter der Wucht der Schläge. Wütend schleudert er die Holzreste an die Wand. Irgendwo im Raum zerspringt Glas.
»Scherben, die Scherben her!«

Er erwischt eine halbleere Weinflasche, trifft mit dieser das Rückgrat des Mannes am Boden, nur einmal, die Flasche zerbricht sofort. Überall Blut, vermengt sich mit Wein. Schon hat Busse ein neues Holzstück in der Hand. Das Opfer gibt keinen Laut von sich, versucht sich erfolglos mit den gefesselten Armen zu schützen.

»Seht mal den Arm«, giggelt Änne und vollzieht wieder eine wackelnde Bewegung. Niemand, der ihr jetzt noch Aufmerksamkeit schenkt. Der Arm ist in Höhe des Ellenbogens abgewinkelt, in die falsche Richtung, nach außen.

»Komm Werner, laß ihn noch ein paar Fratzen schneiden.« Untersturmführer Wollinger ist aufgestanden und hält ein Seil in den Händen, das er an einem Ende zu einer Schlinge geflochten hat.

Erst jetzt kommt Busse wieder zu sich, außer Atem. Haarsträhnen, die sonst akurat von der Stirn zum Hinterkopf gestriegelt den Schädel bedecken, hängen vor seinem Gesicht. Er wirft den Kopf nach hinten, um die Haare in die gewohnte Ordnung zurückzubringen. Aber sie gehorchen nicht.

»Kipp hier mal Wein drüber.« Busse streckt dem Soldaten seine Hände hin, beschmiert vom Blut des Gefolterten. Wieder Blut und Wein. Der Obersturmführer, wie er da steht und die besudelten Hände vor sich hält, erinnert an einen Priester gegen Ende der Heiligen Messe, wenn er die Hostien verteilt hat, und auf seinen Ministranten wartet, der kommen und ihm Wasser über die Hände gießen wird. *In nomine patris et filii et spiritus sanctus.*

Der Soldat war mit seinem Stuhl an das Fenster gerückt, durch das die Sektflasche geflogen war, als sie den Gefangenen hereingebracht hatten. Er versuchte draußen in der Dunkelheit den Fluß zu erkennen und sich darauf zu konzentrieren, daß dort still die Mosel fließt.

»Na, was denn, wird's bald?«

Er starrt in das schweißglänzende Gesicht des Obersturmführers.

»Kipp alles drüber, mach!«

Wollinger wirft das Seil über eine der Holzstreben, die sich von dem Mittelpfeiler aus sternförmig zur Decke hin strecken und balanciert die Schlinge über den Kopf des Häftlings hinunter zum Hals. Wollinger ist bemüht, sich keine schmutzigen Finger zu machen.

»Hilfst du mir, Werner?«

»Sicher, sofort!«

Busse schnauft und grinst verschworen zu Wollinger hinüber.

»Ich komme!«

Sie greifen zusammen das Seil.

»Los geht's!«

»Leute, aufgepaßt! Hau ruck! und nochmal: hau ruck!«

Sie ziehen am Ende des Seiles und richten den Häftling auf. Der leistet keinen Widerstand mehr. Schon jetzt hängt die Zunge weit aus seinem Mund heraus. Blut tropft daran herunter. In seinen halboffenen Augen liegt ein weißer Schimmer, der sich rot färbt. Wollinger sagt: »Wir ziehen ihn nicht ganz hoch, er soll mit den Füßen Bodenkontakt behalten. Dann kann er uns noch etwas vortanzen.«

»Der tanzt nicht mehr«, quiekt Schimpf, der Änne den Rock über die Hüften geschoben hat und sich mit hochgekrempelten Hemdsärmeln zwischen ihren Schenkeln eingräbt. Die Frau stiert zur Decke, den Kopf im Nacken, mit offenem Maul. Ab und zu entfährt ihr ein spitzes *Hi*!

Der Soldat am Fenster blickt zu der jämmerlichen Gestalt, die am Pfeiler baumelt. Grüngelbe Exkremente verlassen geräuschvoll den Darm und fließen an den Beinen hinunter.

Nur heil hier raus, denkt der Soldat, sonst nichts. In diesem Moment überkommt ihn ein mächtiges Würgen. Er schafft es noch, sich rechtzeitig aus dem Fenster zu lehnen.

Der Wirt hat mir einen Schnaps gegeben. Ich war die Treppe heruntergekommen und wollte nach draußen, an die frische Luft. Da stand er im Eingang zur Wirtsstube, als hätte er auf mich gewartet.

»Komm, trinkst de eine mit, heut is Kirmes. En Trester, dä beruhigt de Magen.«

Da habe ich nicht lange gefackelt. Busse wird nachher so blau sein, daß er den einen Schnaps bei mir nicht riechen wird. Es war nur einer. Ein Wasserglas, dreiviertel voll. Ich kippte ihn hinunter, ex – weg.

»Harte Zeiten, mein lieber Mann«, sagte der Wirt. Der weiß, was los ist in seinem Haus. In dem Moment hörten wir von oben die Weiber brüllen.

Ich wollte den Tanzsaal ja sofort wieder verlassen, aber Busse hat darauf bestanden, daß ich bleibe.

»Soll er uns zusehen, kann er sich nachher einen mit der Hand klappern.«

Erst als ich zum zweiten Mal kotzte, diesmal mitten in den Saal, sagte Hauptmann Brückner, ich solle machen, daß ich rauskomme. Die anderen lachten über mich. Sie hatten die Weiber ausgezogen über den Tisch gelegt und versohlten ihnen die blanken Ärsche. Ein Spielchen, das sie immer treiben, wenn sie feiern und einige dieser willfährigen Moselhuren greifbar sind. Dann begießen sie die Weiberärsche mit Trester – »zur Kühlung« – und lecken sie ab.

Den Toten an der Säule beachteten sie nicht mehr. Sie scheinen auch nicht gemerkt zu haben, wie er gestunken hat. Untersturmführer Wollinger ist noch eine Weile um ihn herumgeschlichen und hat fotografiert. Dann fand er mehr Gefallen an den Weibern.

Der Junge hieß Nikolay, ein Russki, einundzwanzig Jahre alt. Fünf Tage ist er unterwegs gewesen. Gestern haben sie ihn geschnappt.

Ich hatte Busse am Nachmittag von seinem Büro in Moselay zum Lager nach Tessem gefahren. Ein feiner Nieselregen fiel, und für einen Sommertag war es viel zu kalt und zu dunkel. Die Häftlinge waren soeben zur Nachtschicht in den Tunnel ausgerückt. Die von der Tagschicht wurden im Laufe der nächsten Stunde hier zurückerwartet. Es geisterten nur ein paar Muselmänner durch das Lager. Der feuchte Boden quitschelte bei jedem Schritt unter den Füßen. Meine Kameraden von der Lagerwache hatten es sich, so gut es ging, unter dem Dachvorsprung beim Lagertor bequem gemacht und spielten Karten. Erst als ich mit meiner blitzblanken Karre am Lagertor vorgefahren war und aus dem Seitenfenster heraus Zeichen gab und rief, sie sollten gefälligst das Tor öffnen, sprangen sie verschreckt auf, und die Karten flogen durch die Gegend. Busse amüsierte sich auf dem Rücksitz. Zum Glück hatte er einen guten Tag. Es konnte passieren, daß er einem Wachsoldaten wegen einer kleinen Unachtsamkeit persönlich die Nase blutig schlug oder Arrest befahl. Gestern aber grinste er die Wachen nur an.

»Sie kommen mit! Schauen wir uns den Saustall mal an.«

Ich ging zwei Schritte hinter Busse her und zwinkerte meinen Kameraden freundschaftlich zu. In ihren Gesichtern stand geschrieben: *So gut wie du möchten wir es auch mal haben.* Nach Busse betrat ich die vorderste Häftlingsbaracke.

»Saustall«, zischte er, und dann befahl er: »Abräumen!«

Ich kenne das Spielchen. Ich begann die Decken und Strohsäcke von den Bettgestellen zu reißen und schmiß sie auf den Boden.

»Die ganze Baracke!«

Das konnte was werden! Wenn es ihm gefiel, mußte ich jetzt sämtliche Betten von allen acht Baracken abräumen. Aber ich hatte Glück. Als ich die erste Baracke verwüstet hatte und wieder ins Freie trat, sah ich ein ungewöhnliches Gefährt auf das Lagertor zukommen. Busse hatte sich unter den Akazienbäumen gegenüber den Baracken ein trockenes Plätzchen gesucht, starrte hinunter auf die Mosel und beschnitzte mit seinem Taschenmesser einen Stock, den er sich am Haselnußstrauch beim Lagerzaun geschnitten hatte. Das ist eine seiner Lieblingsbeschäftigungen: Stöcke schnitzen. Er verziert diese auch kunstvoll, indem er Spiralen und kleine Muster in die dünne Rinde schneidet. Busse ist der Meinung, daß ein Stock am besten zieht, wenn er frisch geschnitten ist, aus grünem Holz. Da mag er ja recht haben. Aber er macht fast eine Philosophie daraus. Ein grüner Stock, sagt er, schwinge im Gegensatz zu einem alten, ausgetrockneten noch und dringe deswegen in das Fleisch ein. Man könne zusehen, wie es rot aufschwillt. Mit einem trokkenen Stock hingegen lasse sich nur ein dumpfer Schlag erzeugen, man könne damit, anders als mit einer schwingenden Rute, nicht in den Leib des Geschlagenen eindringen und deshalb nur einen weniger wirksamen Schmerz erzeugen.

Das Gefährt kam näher. Ich sah zwei Personen, auf eigenartige Weise mit einem Fahrrad ineinander verstrickt.

Ein Wachsoldat öffnete einen Flügel des Lagertors, und nun erkannte ich den Oberwachtmeister Leber von der hiesigen Gendarmeriestation. Er hatte seinen linken Arm mit einer Handschelle an den Gepäckträger seines Fahrrades gefesselt. Mit der rechten Hand richtete er seine Pistole auf ein Gespenst, das gebückt vor ihm her ging. Das Gespenst war zu dieser Haltung gezwungen, weil es ziemlich hochgewachsen und ebenfalls mit Handschellen an das Fahrrad gefesselt war. Die kurze Kette zwischen seinen beiden Handgelenken war um die Stange gelegt, die ein Fahrrad zu einem Herrenfahrrad macht. Das Gespenst trug eine Hose, die mindestens noch sechs weitere solcher Gespenster hätte aufnehmen können, und daß diese ihm nicht auf die Füße rutschte, war nur einem Stück Kordel zu verdanken, das die Funktion von Hosenträgern übernahm.

Unter seinem Mantel, hinter dessen Abnähern sogar Ännes Busen bequem Platz gehabt hätte, sah ich ein gestreiftes Hemd, wie es die Häftlinge hier tragen. Seine Füße steckten in deutschen Militärstiefeln.

»Wenn die Bocks den Arsch frißt, dann ist es bald rum«, sagte Leber.

Am Montagabend waren vier Waggons mit frischen Häftlingen aus dem KZ Natzweiler auf dem Bahnhof in Tessem eingetroffen. Wie sich herausstellte, ein Mischmasch von Leuten aus allen besetzten Gebieten. Politische hauptsächlich, aber auch eine Menge Grüne dabei und natürlich Russkis und Pollacken. Die fehlen nie. Als die Waggontüren geöffnet wurden, kamen sie herausgepurzelt und fielen auf den Bahnsteig, daß man hätte meinen können, sie wären schon tot. Einer stürzte über den anderen. Da half auch das Gebrüll unserer SS nicht mehr viel. Dabei standen sie noch ganz gut im Futter, die Jungs. Ich nehme an, die haben nur wenige Tage im KZ Natzweiler verbracht und sind dann sofort hierher gebracht worden. Kräftige Arbeiter werden hier gebraucht. Bei dem Versuch, sich aus den Menschenhaufen, die vor die Waggons gestürzt waren, zu befreien und wieder auf die Beine zu kommen, rissen und stießen die Kerls sich gegenseitig um. Häftlinge, die bis dahin noch in den Wagen verblieben waren, wurden jetzt von Kapos herausgestoßen, auf die anderen drauf. Die Knüppel unserer SS tanzten zwar munter über dem zappelnden Gewirr, vermochten es jedoch nicht, Ordnung zu schaffen. Im Gegenteil! Die Panik unter den Häftlingen vergrößerte sich noch, als ein Hundeführer seinen Schäferhund von der Leine ließ und dieser anfing, Fleischstücke aus dem Menschenhaufen herauszubeißen, die er, soweit ich das von meinem Platz aus sehen konnte, auch tatsächlich auffraß. Eine kleine Gruppe von vielleicht sieben oder acht Häftlingen, die Boden unter den Füßen gewonnen hatten, kam ein paar Schritte in meine Richtung gelaufen, um nicht gleich wieder niedergerissen zu werden. Weglaufen wollten die nicht. Ich hörte das Knacken, das die Gewehrkolben der Wachsoldaten beim Auftreffen auf ihre Köpfe verursachte. Die Kameraden hatten eine Postenkette direkt vor meiner Karre gebildet, aus der ich das ganze Geschehen beobachtete. Noch vor wenigen Tagen hätte auch ich mich mit den armseligen Kreaturen herumprügeln müssen. Jetzt hatte ich nur dazusitzen und zu warten, bis Busse sich ausgetobt hatte. Lachend und sichtlich amüsiert kam er mit zwei anderen SS, deren Namen ich nicht kenne, und befahl mir, sie zum Lager Tessem zu fahren. Die ganze Fahrt über machten sie Witze über die Häftlinge auf dem Bahnsteig. Bald war mir klar: das ganze Durcheinander war ein abgekartertes Spiel der SS gewesen. Sie hatten einen dünnen Draht in Höhe der Fußgelenke in die Türöffnungen der Waggons spannen lassen. Die Häftlinge sollten durch diesen Empfang auf das vorbereitet werden, was sie hier erwartete.

»Die haben kapiert, daß sie zum Krepieren hier sind!« triumphierte der SS, der neben mir auf dem Beifahrersitz saß.

»Die haben kapiert, hier wird krepiert«, reimte Busse. Das Gelächter im Wagen übertönte das Motorengeräusch. Im Rückspiegel sah ich Busse zufrieden grinsen. Das Lachen des SS neben mir löste bei ihm einen Hustenanfall aus wie bei starken Rauchern. Dabei spie er tausend Tröpfchen gegen die Frontscheibe, so daß ich diese nach der Fahrt angeekelt von innen abwaschen mußte. Der SS-Offizier, auf der Rückbank neben Busse, ein junger Kerl, höchstens Anfang zwanzig, tippte mir auf die Schulter, so daß ich erschreckt zusammenzuckte. Es ist nicht gerade üblich, daß diese Herren unsereins in ihre Gespräche einbeziehen.

»Ist der nicht gut, alter Knabe?« jauchzte er. Er meinte den Reim. Ich lachte, so gut es ging: »Ja köstlich, wirklich köstlich«.

Im Lager Tessem waren die Häftlinge von der Tagschicht zum Abendappell angetreten. Fritz, ein deutscher Kapo, hatte das Fehlen eines Russen gemeldet. Beim Abmarsch der Kolonne am Tunnelportal habe er ihn noch gesehen, sagte er. Er müsse sich also irgendwo unterwegs unbemerkt in die Büsche geschlagen haben. Am Tag vorher hatte schon ein anderer gefehlt, und Busse hatte getobt.

»Wer ist es? Name?« fragte Busse in einem Ton, als hätte er eine Halskrankheit. Nervös befingerte er seinen Stock. Der Kapo verteilte Hiebe unter den angetretenen Häftlingen und schrie etwas, das ich nicht verstand. Dann knöpfte er sich einen Russen vor, stieß ihn aus der Reihe und prügelte ihn mit einem Kolben. Der Russe stammelte ein paar Worte. Fritz ließ ihn liegen und meldete Busse, daß der entflohene Häftling der Russe Nikolay Jarukov sei.

»Dieser da«, sagte Busse, dirigierte seinen Stock zu dem Russen am Boden, »und vier andere von der Sorte: an die Bäume mit ihnen! Hängen lassen, bis wir ihn wiederhaben!«

Die ganze Woche über haben sie so da gehangen: die Arme auf dem Rücken festgezerrt, mit einem Draht an den Handgelenken hochgezogen. Die Arme kugeln aus bei dieser Tortur. Wer so hängt, brüllt sich vor Schmerzen in einen Zustand ähnlich der Bewußtlosigkeit. Ein Glück, daß sich der Körper so selber hilft!

Das Gespenst, das der Oberwachtmeister Leber an sein Fahrrad gekettet zum Lager gebracht hatte, war Nikolay Jarukov. Busse hat daraufhin einem Kameraden den Befehl gegeben, die Russen abzuhängen. Der Soldat durchschnitt die Seile, und die fünf Körper knallten zu Boden. Ich glaube, daß der Russki eine besonders widerstandsfähige Sorte Mensch ist. Wenn der Pollack schon kaputt ist, steht der Russe nochmal auf. Die abgeschnittenen Russen leben alle noch. Zum Arbeitseinsatz sind sie aber nicht mehr zu gebrauchen.

Die herrlichen Bäche, die aus den angrenzenden Mittelgebirgen zum Moseltal hin fließen, sind voll mit Bachforellen, die gebraten oder gekocht eine Köstlichkeit sind, besonders, wenn sie zusammen mit einer Flasche Moselwein genossen werden. Fisch muß schwimmen, sagen die Leute hier und pflegen deshalb beim Verzehr einer Forelle ordentlich Moselwein mit hinunterzugießen.

Manchmal denke ich, würde ein solcher Bach doch nur durch Berlin fließen und die Menschen dort mit Fisch versorgen! Ich müßte mir weniger Gedanken um meine liebe Mucki machen. Sie könnte sich täglich einen Fisch fangen und brauchte keine Angst vor Hunger zu haben. Das Päckchen, das ich vorgestern von ihr bekommen habe, war mit der Ausgabe der *Berliner Illustrierten Zeitung* vom 2. März 1944 ausgestopft. Natürlich war ich schon immer bekümmert gewesen, seit die Fliegerangriffe auf unsere Hauptstadt begonnen hatten, aber als ich die zerknüllte Zeitung auseinanderfaltete und glättete, bekam ich einen Schreck. Auf der Titelseite ist unser Reichspropagandaminister abgebildet. Er stützt sich auf eine Leiste an der Wand. Er, den wir aufrecht kennen, feurig, mit erhobenen Armen und wegweisenden Händen, er muß sich stützen! Er schaut auf die vor ihm an der Wand ausgebreitete Karte von Berlin. Aber er schaut sie nicht an, die Karte, er schaut durch sie hindurch, wie abgetreten. Was wird werden, wenn selbst er keinen Rat mehr weiß? An der Seite steht sein Mitarbeiter Gerhard Schach, der dem Minister die Lage erläutert und – wie im Text am unteren Bildrand steht – die Maßnahmen darlegt, die von der Partei zur Bekämpfung der Luftnot ergriffen werden. Aber im Gesicht des Ministers ist der Krieg schon verloren...

Was rede ich?

Fährt den Tommys nicht dieser Tage der Schrecken in die Glieder, seit unsere Vergeltungswaffen bei ihnen einschlagen? Na also! Busse sagt, am letzten Sonntag sei schon der fünfhundertste donnernde Komet, so nennt er die V1, mit unheimlicher Geschwindigkeit über den Kanal georgelt und habe voll in eine Londoner Kaserne eingeschlagen, gleich neben dem Buckingham-Palast. Wenn das keine Nachricht ist!

Irgendwo im Hunsrück sprudelt die Quelle des Flaumbaches, der in Tessem in die Mosel mündet. Auf seinem Weg hierher hat er eine gewaltige Kerbe in den Grund des Hunsrück gespült, das Flaumbachtal. Von dort her hören wir es mitunter krachen, morgens, beizeiten oder spät abends, so als sei eine Schießerei im Gange. Die Einheimischen haben eine besondere Art des Fischfangs entwickelt. Mittels einer kleinen Sprengladung, die sie selber basteln, in das Bachbett legen und dann zur Explosion bringen, töten sie auf einen Schlag große Mengen von Bachforellen, die sie nur noch aufsammeln oder mit Netzen aus dem Wasser fischen müssen.

Leber befand sich gestern nachmittag im Flaumbachtal auf Streife. Er hatte den Auftrag, bis zum Kloster Maria Engelport hinauf zu patrouillieren, um Fischfrevlern auf die Schliche zu kommen, sie zu stellen und dem Obermeister der Gendarmerie vorzuführen. Als ein Mann aus dem Gebüsch heraus auf die Straße sprang, glaubte er zunächst, es handele sich um einen Einheimischen, und er fuhr mit seinem Fahrrad seelenruhig auf ihn zu. Er erreichte ihn und grüßte: »Heil Hitler, guude!« worauf der Mann, der den Oberwachtmeister nicht hatte kommen sehen, sich umdrehte und irritiert dreinschaute.

»Heil Hitler, guude«, muß Leber noch einmal gesagt haben. Erst in diesem Moment begann der Mann zu laufen und versuchte, die Böschung hinauf wieder in den Buschwald zu gelangen. Leber setzte ihm nach, bekam ihn an seinem viel zu weiten Mantel zu packen und zog ihn mit einem Ruck zurück, so daß der Mann auf die Straße stürzte, desgleichen auch der Oberwachtmeister, weil er sich hoffnungslos mit den Beinen in seinem Fahrradgestänge verheddert hatte. Das muß ein lächerliches Gewusel gewesen sein! Jedenfalls hatte Leber als erster wieder festen Boden unter den Füßen. Auch der Mann versuchte, sich wieder hochzurappeln, doch Leber setzte ihm seinen Stiefel auf die Brust und zog seine Dienstpistole.

»Ne streljai, poshaluista, ne streljai«, soll der Mann gejammert und immer noch am Boden liegend sofort die Hände erhoben haben.

»Komm, steh off, Jung!« hat Leber dann befohlen, ihn an seinen Klamotten gepackt und hochgezerrt, so daß die Mantelknöpfe durch die Gegend geflogen sind.

»Ist doch gar net so kalt! Wat hast de dann für en dicken Mantel an?« Leber hatte die gestreifte Häftlingsjacke unter dem Mantel gesehen. Damit war für ihn natürlich klar, welche Art Beute er gemacht hatte.

»Bist de abgehauen?«

»Ne streljai, poshaluista, ne streljai!«

»Ob de abgehauen bist? Schwätz deutsch, Mann, oder scheiß Buchstaben!«

»Ne streljai, poshaluista, ne udarjai, ne udarjai!«

»Du sollst deutsch schwätze!«

So ein paar Brocken von diesem russischen und polnischen Kauderwelsch versteht man ja, wenn man so lange bei den Kerls Wache geschoben hat wie ich. Er meinte, daß Leber nicht schießen und ihn nicht schlagen solle. Leber hat natürlich nichts verstanden und war nur wütend, weil der Mann nicht deutsch mit ihm redete. Er wird ihm wohl ein paar Ohrfeigen verpaßt haben, um ihn einzuschüchtern. Jedenfalls ließ er ihn dann mit erhobenen Armen vor seinem Fahrrad hergehen. Leber, der das Fahrrad schob, hatte die Dienstpistole auf ihn gerichtet.

Irgendwo zwischen Kloster Maria Engelport und hier macht der Bach einen ziemlichen Knick, und gleich hinter dem Knick führt eine Holzbrücke auf die andere Bachseite zu einem flachen Gelände, wo nur Gras wächst. Mit einem Satz war der Gefangene auf der Brücke, und ehe Leber zu Bewußtsein kam, daß seine Beute im Begriff war, ihm zu entkommen, rannte der Kerl schon über die Wiese jenseits der Brücke. Leber sagt, er hätte zwei Warnschüsse abgegeben, und dann sei der Flüchtige stehen geblieben, und er hätte ihn erneut verhaften können. Um ehrlich zu sein, Leber ist ein Esel. Das muß auch der Russki gemerkt haben. Ich kann mir genau vorstellen, wie Leber vor Entsetzen, daß der Russki sich erdreistete einfach abzuhauen, sein Fahrrad fallen ließ und wie wild drauf losballerte. Daß er nicht getroffen hat, wundert mich nicht. Trotzdem ist der Russki wieder zurückgekommen mit erhobenen Armen.

»Ne bolsche streljai, poshaluista, ne bolsche, ja jit chotschu!«

Leber verstand natürlich wieder nichts. Gestern abend bei

der Wache am Tor habe ich ihm alles übersetzt. Er hatte geglaubt, der Russki würde ihn beschimpfen und hat ihm irgendwas von Beleidigung eines deutschen Gendarmen entgegengebrüllt, und als er nahe genug herangekommen war, nochmal geohrfeigt. Jetzt entsann er sich auch seiner Handschellen, die er bei sich hatte und befestigte sich und den Russki an seinem Fahrrad, wie ich es ja schon erzählt habe.

II

Am neunten Mai 1940 war ich schon fast zwei Jahre arbeitslos. Hätte Bäbchen nicht immer wieder Brennholz und was zum Essen organisiert, hätte ich damals schon so dagesessen wie jetzt. Manchmal war sie zwei, drei Tage unterwegs. Und immer wenn ich dachte, jetzt hat sie sich abgemacht, nach Paris, kam sie mit vollen Taschen bepackt zurück. Paris war ihr großer Traum. Angeblich ist sie während ihrer Kindheit einmal dort gewesen. Ob das wirklich stimmte, habe ich nie erfahren. Wenn sie von ihren Beutezügen zurückgekehrt war, warf sie sich, ohne zu verschnaufen, die Schürze über, *bonjour, chéri,* feuerte den Herd und zauberte Köstlichkeiten, wie ich sie seither nie wieder zu schmecken bekommen habe. Einmal hatte sie sogar eine Flasche echten Schampus aufgetrieben. Eine Flasche Beaujolais aber war das Mindeste, was sie kredenzte. Rheinwein und vor allem Moselwein, der zu dieser Zeit überall angeboten wurde und billig zu haben war, verabscheute sie, lieber würde sie ihr Fußbad trinken. Eine Auffassung, die ich zu keiner Zeit mit ihr teilte. Ich habe sie nie gefragt, wo sie das ganze Zeug herbekam, und ich hatte Angst vor dem Moment, wo sie es mir von sich aus sagen könnte.

Ich verließ tagelang nicht das Haus, lag in der Dachgaube unseres Zimmerchens, das wir in der Hauptstadt bewohnten, besah mir von dort das Volk unten auf der Straße vor dem *Café de la Paix* und lauschte dem Gebimmel der Straßenbahnen. Bäbchen hatte nie etwas dagegen, daß ich den ganzen Tag herumlungerte. Sie genoß es sogar, mich immer zur Stelle zu wissen und einen Zuhörer zu haben, wenn sie stundenlang von der neuesten Pariser Mode oder einem Einkaufsbummel auf den Champs-Élysées schwärmte, welcher bis dahin freilich nur in ihrer Einbildung stattgefunden hatte. Natürlich interessierte mich der ganze Modekram nicht, aber ich genoß die Atmosphäre, die augenblicklich das Zimmer erfüllte, wenn sie von Paris zu sprechen begann. Übrigens redete sie nur französisch. Sie hätte sich eher die Zunge abgebissen, als ein deutsches Wort damit geformt. Ich wundere mich bis heute, daß sie nie etwas dagegen hatte, von mir *Bäbchen* genannt zu werden, ein Name, der absolut nicht französisch klingen will. Sie versorgte mich mit allem, was französisch war: kulinarisch – das erzählte ich schon, literarisch – sie schleppte bergeweise Villon, Diderot, Voltaire, Rousseau, Breton, Aragon und wie sie alle heißen, aber auch schon erste Veröffentlichungen des damals noch fast unbekannten Algeriers Albert Camus ins Haus – und sexuell. Dazu will ich nur soviel sagen: meine Nächte mit ihr waren dermaßen prall von Lust, so überfließend von Gerüchen und Geschmäckern aus Säften und leisen Worten, daß ich für die trägen Tage in meiner Dachgaube guten Gewissens die vorherige Nacht mit Bäbchen verantwortlich machen konnte.

Ich hatte das Haus seit über einer Woche nicht mehr verlassen. Bäbchen war schon seit Tagen auf Streifzug. Mein Abendessen stellte ich aus den letzten Vorräten zusammen, ein roher Weißkohl, mit einem Rest Erdbeermarmelade dazu. Geld hatte ich keins.

Ich wurde hellhörig, als die Musik im Radio plötzlich mit dem Hinweis unterbrochen wurde, es folge nun ein Auszug aus dem Memorandum der deutschen Reichsregierung an die luxemburgische Regierung, das dieser vor einer Stunde überbracht worden sei.

Die Reichsregierung gibt ihrerseits der großherzoglich-luxemburgischen Regierung die Versicherung, daß Deutschland nicht die Absicht hat, durch seine Maßnahmen die territoriale Integrität und politische Unabhängigkeit des Großherzogtums jetzt oder in Zukunft anzutasten.

Dann spielte die Musik so exakt an der Stelle weiter, wo sie abgebrochen worden war, daß ich überlegte, ob ich richtig gehört oder mir die Meldung nur vorgestellt hatte. So etwas soll es ja geben. Die Kraft der Einbildung kann so stark sein, daß das Eingebildete von der Wirklichkeit nicht mehr unterschieden werden kann.

Bäbchen kam auch an diesem Abend, es war bereits der vierte, nicht zurück. Ich lag wach auf unserem Bett, lauschte den geräuschvollen Vorgängen, die der Weißkohl in meinem Darm verursachte, und genoß es, wenn sie begleitet von langen Tönen ihren Abschluß fanden. Was der Weißkohl in dieser Nacht für meinen Darm gewesen ist, das waren Worte, die ich am Vormittag gelesen hatte, für meinen Kopf. Natürlich war die zweisprachige Ausgabe, französisch-deutsch, ein Geschenk von Bäbchen, wie alles, was ich in dieser Zeit besaß.

Bald werden wir in kalte Finsternisse fallen;
Licht unsrer allzu kurzen Sommer, lebe wohl!
Schon höre ich der Höfe Pflaster widerhallen
Vom Holz, das niederpoltert, unheilvoll und hohl.

Ich liebe deiner schmalen Augen grünen Schimmer,
Doch heut ist, Süße, alles bitter um mich her,
Und nichts, nicht deine Liebe, nicht dein Herd und Zimmer,
ersetzt mir heut die Sonne, leuchtend auf das Meer.

Baudelaire. Seitdem habe ich den Franzosen nicht wieder gelesen. Lange Jahre hatte ich keine Zeit, und heute habe ich nicht mehr die Ruhe dazu. Ich schleppe mich nur noch zwischen Bett und Tisch hin und her, jedesmal erleichtert, wenn ich das eine oder andere Möbelstück ohne ernsteren Zwischenfall erreicht habe. Ich bin miserabel auf den Beinen. Drei Schüsseln stehen im Zimmer verteilt, immer griffbereit, am Bett, beim Küchenschrank, auf dem Tisch. Eine vierte steht auf der Toilette, ein halbes Stockwerk tiefer im Treppenhaus. Doch diese erreiche ich selten rechtzeitig. Die Schüsseln sind für das Blut, das beim Husten aus meiner Lunge kommt. Den ganzen Tag über und die Nächte hindurch spüre ich ein Kitzeln in der Brust, und alle meine Gedanken und Bewegungen zielen darauf ab, den nächsten Hustenstoß und den damit verbundenen reißenden Schmerz so lange wie möglich hinauszuzögern. Deshalb kann ich mich nicht aufs Lesen konzentrieren. Ich will so wenig wie möglich Blut verlieren, damit ich wenigstens *das hier* noch zu Ende bringen kann. Wenn ich schreibe, geht es mir körperlich besser. Ich erkläre mir das so: Während ich schreibe, begebe ich mich gedanklich derart in meine Erinnerung hinein, daß die Beschäftigung mit ihr das Lungenkitzeln überdeckt. Dieses ständige nadelfeine Rasseln bei jedem Atemzug tritt dann tatsächlich – und nur dann! – dermaßen in den Hintergrund, daß ich es mitunter nicht mehr spüre und vergesse. Und erst wenn ich aus meiner Erinnerung heraustrete, aus meinen Gedanken gerissen werde, durch ein Geräusch draußen auf der Straße oder auf dem Treppenhaus, dann spüre ich, wie es wieder zu kitzeln beginnt, worauf auch meistens der nächste Hustenstoß folgt. So therapiere ich mich seit Montag. Ich habe zu Kathrin gesagt: »Besorg mir einen Stapel Papier und leg ihn zusammen mit einem Stift auf den Tisch.« Heute ist Freitag.

Ich habe eine neue Zeitrechnung erfunden. Die dazugehörige Maßeinheit heißt *Kathrin*. Sie unterscheidet sich von allen anderen mir bekannten Maßeinheiten dadurch, daß sie in zwei verschiedenen Größen existiert, die abwechselnd erscheinen. Ein *großes Kathrin* ist der Zeitraum zwischen Montag neunzehn Uhr bis Freitag vierzehn Uhr dreißig. Das *kleine Kathrin* geht von Freitag neunzehn Uhr bis Montag vierzehn Uhr dreißig. Das *große Kathrin* entspricht also dem Zeitabschnitt von umgerechnet einundneunzigeinhalb Stunden, währen das *kleine Kathrin* nur siebenundsechzigeinhalb Stunden lang dauert. Die Zeit dazwischen ist Kathrin, die Frau, hier bei mir und sorgt dafür, daß ich nicht in meinem eigenen Blut ersaufe oder in meinem Mist ersticke.

»Bäbchen wird nicht zurückkehren!«

Ich sah mich selber auf der Adolphe-Brücke stehen, die südlich der Altstadt das Petrußtal überspannt, und hörte mich diese Worte rufen. Ich sah, wie sich hinter dem Menschen dort oben, der ich selber war, die Sonne erhob und ihn als Silhouette abbildete. Einen kurzen Moment nur. Dann begann das Bild zu vibrieren, die Fensterscheiben über unserem Bett, auf dem ich in voller Montur eingeschlafen war, rappelten, verursacht durch das Tockern von Dieselmotoren draußen. Ich sprang auf, und jetzt kam mir zugute, daß meine Füße noch in den Schuhen steckten. Ich stürzte aus dem Zimmer, rannte durch das Treppenhaus die fünf Stockwerke hinunter auf die Hauptstraße, wo die Menschen zusammengelaufen waren und ansehen mußten, was sich im milchigen Morgenlicht des zehnten Mai in ihrer Stadt abspielte.

»Ein trauriger Umzug«, dachte ich, als ich mich durch das Menschengewühl direkt vor meiner Haustür in die erste Reihe geschoben und begriffen hatte, was geschah. Deutsche Lastautos, die Ladepritschen mit Soldaten übervoll. Ab und zu drang ein zaghaftes »Heil Hitler« durch das Motorengetockere.

»Nu sein mir dohem em Reich«, hörte ich neben mir einen Mann sagen.

Auf der anderen Straßenseite, beim *Café de la Paix*, sah ich einen Knaben, der sich unter dem Mantel einer Frau verkroch, Schutz suchend vor Gewalt und Lärm der Fahrzeuge mit den deutschen Soldaten in ihren selbstherrlichen Posen. Die Hände der Frau umfaßten den Kopf des Kindes, drückten ihn sanft in ihren Schoß. Wie ich mich damals an die Stelle dieses Kindes sehnte! Ich habe die beiden nie vergessen.

Ich ging nicht wieder nach oben in unser Zimmer, sondern rannte stundenlang ziellos durch die Straßen. Überall deutsches Militär. Uniformierte. Befehle wurden geschrien. Die Häuser der Stadt, Kulisse einer viel zu groß geratenen, irrealen Inszenierung. Ich, der Zuschauer, werde ungefragt zum Akteur.

Zittern, plötzlich spürbar. Ich fasse an meinen Puls, denke an mein Herz. Ob es sich überschlägt? Ohne Verstand durch die Brust tobt? Ich fühle ein kräftiges, gleichmäßiges Surren am Gelenk unter dem Daumen: die Dampfmaschine in jedem Menschen. Ich war völlig in Ordnung.

Ein Erdbeben? Vielleicht ein Vulkanausbruch in der nahen Eifel, eine Naturkatastrophe, die dem Spuk jäh ein Ende setzt? Ich hatte bis zu diesem Zeitpunkt noch nie ein Panzerfahrzeug aus der Nähe gesehen und kannte auch die Geräusche nicht, die es machte, wenn es in Fahrt war. Ein lautes, mir dennoch fein erscheinendes Gerassel liegt über den grobschlächtigen Schwingungen, die mir in den Arsch bellen, mein Gedärm rütteln, einen Ausgang suchen und ihn über die Speiseröhre finden – da kitzelt es – ein Surren, das sich über den Kehlkopf stülpt, in Mund und Nase tänzelt, über die Lippen herfällt und schließlich zum Hintereingang zurückfindet, wo es für eine neue Runde losbellt. Ich greife mir an den Hintern, um mit der Hand den Eingang zu versperren. Aus einer Seitenstraße droht der Lauf einer Kanone, schiebt sich vor, schwenkt gerade auf mich zu. Ein Panzer mit seinem Höllenlärm! Es folgen zwei, drei... Ich beginne zu rennen und rase vor eine Eisenplatte. Ich stoße mich ab, spüre einen schrecklichen Schmerz über den Augen, vollziehe nur noch unkoordinierte Bewegungen, versuche dem Monstrum vor mir zu entkommen, sehe mich plötzlich herumturnen wie ein Harlekin, der vor den Fahrzeugen einen provozierenden Tanz aufführt, wie einer, der Mut hat. Ich erreiche das Trottoir, schlotternd am ganzen Körper. Die Knie knicken ein. Auf die Beine ist kein Verlaß mehr. Ich bekomme ein Abflußrohr zu packen, dicht bei der Hauswand, sause aufs Pflaster.

Die meisten Cafés und Gasthäuser blieben den ganzen Tag über geschlossen. Die Tage danach auch. Am Nachmittag, als ich am *Café Blom* vorbeizog und überrascht feststellte, daß es geöffnet hatte, meldete sich mein Magen mit einem unverschämten Knurren. Ich versuchte einzutreten, und als ich mit viel Mühe mittels der Eingangstür die Menschenmasse im Café so weit zurückgedrängt hatte, daß ich hineinschlüpfen konnte, stülpte es sich wie ein Nebel über mich. Ein Gemisch aus Tabakqualm und Schweißdunst. Ein Geschrei, daß man sein eigenes Wort nicht verstand. Jeder redete, niemand hörte zu. Es dauerte, bis ich mir einen Weg zum Tresen gebahnt und erfahren hatte, daß der Wirt, der Blome Nikolaus, alle Essens- und Getränkevorräte an seine Kundschaft kostenlos verteilte, was mir äußerst gelegen kam. Wie der *richtige* Nikolaus am 5. Dezember, dachte ich. Ich aß mich also rundherum satt und trank fünf große Tassen heißen Kaffee. Dann erst erkundigte ich mich nach dem Grund der Freigiebigkeit von Blome.

»Bevor hier ein Deutscher einen Kaffeesatz bekommt, will ich lieber die ganze Wirtschaft verschenken. Stopft also rein, soviel ihr könnt.« Das soll er gesagt haben, und das ließ sich keiner zweimal sagen. Bis spät in die Nacht hinein taten wir unser Bestes, dem Wunsch des Wirtes nachzukommen. Dabei mußten auch viele Liter alkoholischer Getränke vor den Deutschen sichergestellt werden. Was meine Sichtverhältnisse betraf, lichtete es sich zwar kurzzeitig um mich herum, doch dann wurde der Nebel um so dichter, bis mich schlagartig eine tiefe Dunkelheit überkam.

Natürlich sind Bäbchen und ich ein Paar gewesen, wie es das eigentlich nur in großen Romanen und Dramen gibt. Aber auch an Kathrin hatte ich später einen Narren gefressen. Überhaupt, ich habe mich in jede halbwegs ansehnliche Frau schnell verlieben können, sofern sie sich einigermaßen verhalten hat und auch mich nicht gerade zum Kotzen fand. Aber Kathrin findet mich zum Kotzen. Inzwischen. Ich merke das ganz genau. Wenn sie montags und freitags meine Schüsseln ausleert, verabscheut sie mich so, wie sie diese Arbeit verabscheut. Gut, es gibt erquicklichere Tätigkeiten, aber immerhin bin ich doch ihr Mann gewesen. Rein offiziell bin ich das immer noch, und sie ist meine Frau.

Männer und Frauen Luxemburgs, Luxemburgische Jugend! So waren damals die ersten öffentlichen Aushänge der Besatzer überschrieben, egal, ob man uns weismachen wollte, daß unsere Parteien *zum Wohle Luxemburgs* aufgelöst werden müßten, unsere Muttersprache Deutsch sei und Französisch ein *verniggertes Kauderwelsch*, oder ob wir von der Notwendigkeit des Arbeitseinsatzes im Deutschen Reich überzeugt werden sollten. In den Jahren danach änderten sich die Überschriften, und immer öfter war zu lesen: *Bekanntmachung! Das Standgericht hat folgende Personen zum Tode verurteilt*, aber auch: *100.000 RM Belohnung für Aufklärung eines Anschlages.*

»Morgen, ihr Männer, jetzt gehören wir zusammen«, grüßte der deutsche Soldat, der mit einem anderen Deutschen ein Plakat an die Wand klebte.

»Und warum rennt ihr dann im Stahlhelm hier rum, wenn wir zusammen gehören? Habt ihr etwa Angst vor uns? Außerdem: das ist *meine* Hauswand und keiner hat euch erlaubt, hier was dranzukleistern.«

»Hör dir das Großmaul an! Der hat lange seinen eigenen Schrei nicht mehr gehört!« Die Soldaten lachten.

»Halt's Maul, Mensch!« Ich stieß Alois in die Seite.

»Was denn? Die kommen einfach hierher und schmieren ohne zu fragen ihre Frechheiten an meine Hausfassade.«

»Jetzt reicht es aber, Mann!« Der Soldat baute sich vor Alois auf. Seine Stimme wurde messerscharf: »Ich rate Ihnen sehr, Mann, sich zusammenzureißen, und unsere Maßnahmen zu akzeptieren, ansonsten kann ich nicht für Ihre Sicherheit garantieren. Wir haben Anweisung, gegen Aufwiegler die Waffe einzusetzen. Machen Sie also, daß Sie an Ihre Arbeit kommen!« Er wollte sich schon wieder von Alois abwenden, da sagte er so, als sei ihm noch was eingefallen: »Oder gehen Sie nach Deutschland. Da werden kräftige Männer gebraucht. Lesen Sie mal das Plakat!« Jetzt lachte er, richtig freundlich, tippte zum Gruß mit der Fingerspitze an den Stahlhelm: »Guten Tag, zusammen.« Dann zogen die beiden mit den übrigen Plakaten und dem Kleistereimer zur nächsten Straßenecke.

»Das kommt hier weg!« Alois schnaubte und wollte sich daran machen, das Papier von seiner Hauswand zu reißen.

Ich hielt ihn an der Jacke fest: »Die können uns doch noch sehen, Mensch! Versteh' doch: es ist Krieg!«

»Verdammt, ja.«

Die Schultern rutschten ihm regelrecht in die Jacke, sein Kopf fiel herab, daß der Schirm seiner Mütze das Gesicht verbarg. Krumm und mit langsamen Schritten verschwand er durch seine Haustür: »Verdammt, ja, Krieg.«

Ich hatte den letzten Teil der vorangegangenen Nacht liegend auf einer Holzbank im *Café Blom* verbracht. Ein höllischer Kopfschmerz war das erste, was ich morgens wahrnahm. Ich fühlte eine mächtige Beule auf meinem Schädel, und in den Haaren klebte verkrustetes Blut. Demnach mußte mich jemand aufs Haupt geschlagen haben. Bloms Nikolaus versicherte mir jedoch später, daß seine Veranstaltung zur Sicherstellung von Naturalien vor den Deutschen absolut friedlich verlaufen sei. Ich aber hätte oben auf seiner Theke gesessen und von dort aus abwechselnd meine Liebesnächte mit Bäbchen gepriesen – dann sei es richtig still geworden im Café – und anschließend wie ein Schloßhund zu heulen begonnen. Dann habe es einen fürchterlichen Knall gegeben, ich sei zu Boden gestürzt und wie tot liegengeblieben.

Bloms Caféhaustür war morgens nicht verschlossen, und ich hatte so leise wie möglich das Haus verlassen.

Luxemburg ist keine Welt für sich, las ich jetzt unter der Überschrift auf dem Plakat an Alois' Hauswand. Die Leistungen der deutschen Industrie und Landwirtschaft kämen über kurz oder lang auch den in Luxemburg lebenden Menschen zugute. Deshalb solle sich jeder Luxemburger, der sich unabhängig fühle und das Beste für sein Land wolle, zum Arbeitseinsatz nach Deutschland melden. Natürlich glaubte ich den ganzen Quatsch schon damals nicht. Trotzdem flackerte der Gedanke auf, daß ich mein Leben verändern könnte. Aber ich dachte an Bäbchen und rannte nach Hause. Jetzt würde sie sicher da sein. Ich betrat unser Dachzimmerchen. Alles war so, wie ich es verlassen hatte, unser Bett, der Ofen, der Tisch in der Mitte, den sie – und nur sie! – in eine Festtafel zu verwandeln vermochte, das Fenster in der Gaube, durch das mich die Morgensonne in die Augen traf. Und da stand ich wieder, hoch oben auf der Brücke über dem Tal der Petruß, ja, ich sah mich ganz deutlich und hörte mich rufen: Bäbchen wird nicht wieder zurückkehren!

Fast vier Jahre später, am 4.4.44 ein Datum, das man nicht vergißt, war unsere Baustelle an die Mosel verlegt worden, wo wir an einem unterirdischen Projekt zu arbeiten begannen. Ich hatte mich entschieden, mein Leben zu verändern, schweren Herzens, nachdem ich wochenlang vergeblich auf Bäbchen gewartet und wie besessen immer wieder die Stadt vergeblich nach ihr abgesucht hatte. Es änderte sich gewaltig, das Leben. Aber jetzt bin ich zu müde, um weiterzuschreiben. Ich muß mich hinlegen. Ich befinde mich ungefähr im zweiten Drittel einer kleinen *Kathrin*. Jetzt fängt das Kitzeln wieder an. Schon der Gedanke an eine Schreibpause verursacht dieses verfluchte Gezwirre in meiner Lunge. Die Schüssel auf meinem Tisch steht noch so, wie Kathrin sie dahingestellt hat. Aber die am Bett läuft bald über. Noch ein Drittel *Kathrin*, dann wird sie geleert.

Die Firma DIX aus Fernau an der Ahr, bei der ich arbeitete, wurde bestens mit Aufträgen aus dem militärischen Bereich versorgt. Eine Fachfirma zur Ausführung gigantomanischer Bauvorhaben des Deutschen Reiches. Es hat nur wenige Betriebe westlich des Rheins gegeben, die solche Bauten hinstellen konnten wie wir. Als gelernter Maurer machte ich auch schnell Karriere und wurde bald als Kolonnenführer eingesetzt. Aber das war das Schlimmste, was mir passieren konnte. Ein Kolonnenführer war eigentlich immer noch ein nichtsnutziger Malocher wie vorher. Nur hatte er jetzt zu seiner eigenen Plackerei die seiner Arbeiter in der Kolonne, die mitunter sogar seine früheren Kollegen waren, zu beaufsichtigen und – was das Schlimmste war – zu verantworten. Ein Kolonnenführer hatte nichts zu sagen, sondern war ein Aufpasser, der zusätzlich sein Pensum Arbeit leisten mußte wie jeder andere auch. Ein Kolonnenführer war einsam. Er gehörte zu niemandem. Von oben her wurde er kritisch beäugt und für jedes und alles zur Rechenschaft gezogen. Nie konnte er sich unbeobachtet fühlen. Die Leute in seiner Kolonne mißtrauten ihm, naturgemäß, denn er gehörte nicht mehr zu ihnen. Sie sahen in ihm einen Bevorzugten mit direktem Kontakt zu jenen Vorgesetzten, deren Aufmerksamkeit zu erwerben für sie unmöglich war, solange sie unten im Dreck lagen und weniger Beachtung und Wertschätzung fanden als ein Gaul, der Bauholz heranschleppt. Wie dieser Kontakt jedoch aussah, davon machten sie sich kein Bild. Die oberen Herren fanden es unerläßlich, die Beteiligten an einem Bauprojekt wie dem Ausbau des Tunnels zwischen Moselay und Tessem in ihre Hackordnung einzugliedern. Jeder hatte zu gehorchen, und für fast jeden gab es noch jemanden, den er beherrschen konnte. So wurde erreicht, daß man sich mißtraute, wo Zusammenhalt wichtig gewesen wäre. Wo Gemeinsinn geholfen hätte, gab es Vereinzelung und Angst. Fast jeder war Herr und Sklave zugleich.

Unter den einfachen Soldaten, die das KZ und die Baustellen zu bewachen hatten, gab es zwar ein paar wirklich feine Kerls, die nichts Übles im Sinn hatten und nicht der SS angehörten. Uns Zivile ließen sie auch ziemlich in Ruhe, aber sie hatten Befehl, auf jeden Kazettler zu schießen, der aus der Reihe trat, und das mußten sie tun, wollten sie nicht ihr eigenes Leben riskieren.

Sogar die Arbeiter in meiner Kolonne beanspruchten unterschiedliche Positionen für sich. Es gab nicht nur einen Kolonnenältesten und -zweitältesten, sondern immer auch solche, die sich durch besondere Fähigkeiten oder großes Durchsetzungsvermögen einen Extraplatz ergatterten. Es gab Reichsdeutsche, denen gegenüber selbst ich mich in acht nehmen mußte, und es gab Polen und Russen, die praktisch jeder treten durfte und trat. Bis auf die Deutschen waren aber alle, wie ich selbst, zivile Fremdarbeiter im Deutschen Reich, jedenfalls lautete so die offizielle Bezeichnung. All jene genossen noch einen einigermaßen ausreichenden Schutz für Leib und Leben, wenn sie sich ordentlich aufführten. In der Rangfolge ganz unten aber standen die KZ-Häftlinge, deren Leben weniger Wert hatte als die Brühe in meinen Schüsseln.

In wenigen Minuten ist ein kleines *Kathrin* abgelaufen. Ich höre Kathrin draußen im Treppenhaus mit der jungen Frau reden, die unter mir wohnt und deren Namen ich schon wieder vergessen habe. Wozu soll ich mir noch die Namen von jungen Frauen merken? Gleich wird Kathrin mich ausziehen, mich nackt vor den Spülstein setzen und mich von Kopf bis Fuß waschen, und wenn sie meinen Schwanz in die Hand nimmt, um den Schmodder der letzten Tage mit einem Waschlappen abzureiben, werde ich nichts dabei empfinden, nichts, auch keine Scham. Die Körperwäsche ist der zweite Teil des Pflegerituals, das sie an mir vornimmt. Sie wird hereinkommen, routiniert fragen, *na, wie geht's?*, keine Antwort abwarten und als erstes meine Spuckschüsseln im Klo leeren. Sie sagt, es würgt sie, wenn sie dort hineinschaut, aber das Schlimmste für sie sei das Auskippen. Das Blut ist durchmischt mit Schleim, der gelb ist und das Blut manchmal verklumpt, und dieser Brei würde in der Schüssel kleben und sich beim Auskippen in langen Fäden hinunterziehen wie italienische Spaghetti mit Käse aus einem zahnlosen Maul.

Sie wäscht mich gründlich. Ich habe viel Zeit, meinen nackten Leib im Spiegel über dem Waschbecken zu studieren. Im Vergleich zu mir ist Kathrin wirklich noch gut dabei. Ihre Brüste trägt sie stolz und propper vor sich her, wie früher, ohne jede Stützbekleidung, und wenn ich ihr dabei zuschaue, wie sie meinen bloßen Körper, dieses Klappergestell, mit Lappen und Bürsten bearbeitet, denke ich an die KZ-Häftlinge in meiner Kolonne: ein schäbiges Gerüst in einen viel zu großen löchrigen Sack aus Pergament gepackt.

Es kommen Frische, war zu hören. Gemeint waren Kazettler, die noch nicht mit nur einem Hautfetzen am Leben hingen, die noch nicht so ausgemergelt, bis auf die Knochen runtergehungert und erbärmlich durchgeprügelt waren wie die in meiner Kolonne.

Putti, der Kapo, stammte aus Holland und hatte dort etliche Jahre im Zuchthaus gesessen, weil er sich an Kindern vergangen und sie anschließend erwürgt hatte. Von den Nazis nach der Besetzung der Niederlande noch im Zuchthaus angeworben, hatte er sich als Kapo auf unserer Arbeitsstelle zu bewähren. Putti war zwei Meter lang und in meiner Erinnerung ebenso breit. Aber nicht fett. Der ganze Kerl war durchzogen von Muskulatur. In ständiger Bewegung wippten seine Gesichtsmuskeln auf und ab, dazwischen glubschten Augäpfel hervor, ständig auf der Suche nach einem Opfer. Es gab auf unserer Baustelle Kapos, die prügelten schon aus den nichtigsten Anlässen einfach drauf los. Putti brauchte keinen Grund. Er prügelte aus Lust. Dazu gebrauchte er selten einen Stock wie die anderen Aufpasser. Putti erledigte das mit seinen kindskopfgroßen Fäusten. Will, auch Kolonnenführer wie ich, versicherte mir, er habe beim Pinkeln einmal neben Putti gestanden und gesehen, daß er ein Riesenvieh habe, wie ein Unterarm so groß. Ich glaubte das nicht. Bald war unter uns Zivilen die Größe von Puttis Geschlecht das Gesprächsthema Nummer eins. Hinzu kam die Behauptung, daß seine Hoden Kartoffelgröße besäßen. Hierzu wollte Will nichts sagen, er habe den Schwanz gesehen, sonst nichts, und der sei so, wie gesagt. Aber bald sollten wir es genau erfahren. Und was wir zu sehen bekamen, entzog sich allem, was wir uns bis dahin vorgestellt hatten. Mögen einige von uns ihn wegen seines Großen bis dahin vielleicht noch beneidet haben; von da an tat er uns allen nur noch leid. Putti war ein Monster, durch und durch.

Wir Zivilen hatten eine kurze Arbeitspause eingelegt, um unsere mitgebrachten Frühstücksbrote zu verzehren, ein

Vorgang, der, wenn ich mir das heute überlege, die blanke Provokation für die Kazettler gewesen sein muß, die hungerten und ungeachtet ihrer beim Anblick unserer Brote fast überlaufenden Augen und zitternden Münder zu Höchstleistungen angetrieben wurden. Sie mußten zwölf Stunden pausenlos durcharbeiten und durften während dieser Zeit nichts essen. Wir saßen an eine Wand gelehnt, wie aufgereiht, kauten auf unseren Stullen, kippten dünnen Kaffee oder Wasser hinterher, als Putti vor uns auftauchte.

»Meint wohl, ich wüßte nicht, worüber ihr die ganze Zeit quatscht!« Mehr sagte er nicht. In aller Seelenruhe begann er seine Hose aufzuknöpfen. Uns blieben die Mäuler stehen. Dann griff er tief hinein. Etwas schien sich darin noch zu widersetzen, kurz nur, dann hing sein Ding mitsamt Anhang vor uns. Putti hatte keine Eile, wie er breitbeinig dastand. Für uns wurde der Moment quälend lang. Wir befanden uns ja nicht an einem abgeschiedenen Platz. Um uns herum wurde gearbeitet, und es wimmelte von Kazettlern. Einige erlebten Puttis Auftritt aus nächster Nähe, taten aber so, als hätten sie nichts gesehen, sie alle kannten ja seine Gefährlichkeit.

»Mahlzeit«, spottete Putti, so als habe es in seinem Gehirnkasten nicht einmal für einen ganzen Satz gereicht. »Mahlzeit«, stammelte er fast. Umständlich verstaute er das Gerät wieder in seiner Hose. Er hatte Arbeit, es wieder an seinen rechten Platz zu schaffen und orgelte noch eine Weile damit herum, der Tölpel. Dann geschah etwas Furchtbares. Im Begriff, sich von uns abzuwenden, rempelte er an einen Kazettler, der, beladen mit einem Tragegestell voller Steine, seinen Weg kreuzte. Der Häftling stürzte sofort zu Boden. Die Steine kullerten um ihn herum, und für uns alle und auch für Putti sichtbar, rollte ein kleiner Gegenstand aus der Tasche seiner Leinenhose. Putti griff sofort danach, reckte ihn zwischen den Fingern in die Höhe: eine Schnecke. Wir wußten, daß Kazettler, vor allem Franzosen, Schnecken sammelten, um sie in einem unbemerkten Moment aus ihren Häusern zu schlürfen und hinunterzuschlingen. Auch Putti wird das gewußt haben. Seine Augäpfel traten so bedrohlich aus dem Gesicht, es war jetzt mehr eine Fratze, daß ich einen Moment glaubte, sie müßten, blobb-blobb, zu Boden fallen. Ich hörte, wie es zwischen seinen Fingern knackte, wie bei einer Nuß.

»Hast du noch mehr davon?«

Der Franzose kriecht vor Puttis Füßen, hebt jetzt den Kopf, schaut an dem Riesen hinauf. Er hat die Frage nicht verstanden. Seine Augen fragen, was willst du von mir? Er richtet sich auf, nimmt beide Arme zu Hilfe, sie stützen ihn nach der Seite hin, der Körper schlenkert noch, doch jetzt schafft er es, er steht. Dann: Puttis Arm setzt sich in Bewegung, eine Masse aus Knochen und Muskelfleisch, es rollt wie Donnergrollen. Träge, aber unaufhaltsam schiebt sich die Armlawine dem Gesicht des Franzosen entgegen und gräbt sich fast geräuschlos hinein. Sofort ist überall Blut. Wie ein Brett schlägt der Franzose nach hinten um. Wieder knackt es, nur lauter, als der Kopf auf den Felsgrund trifft. Da ist auch schon Puttis Fuß über dem Schädel, und mit kurzen heftigen Tritten bohrt er eine seiner eisenbeschlagenen Stiefelspitzen hinein. Dann setzt er den Absatz auf und malmt mit einer Körperdrehung das letzte Leben aus dem geschundenen Leib am Boden. *Knirsch* hören wir, als wenn Eisschollen aneinanderreiben.

Die SS wußte, was sie an Putti hatte. Wenn auch die Arbeitsleistung der Häftlinge durch seine brutalen Schlägereien keineswegs anstieg – im Gegenteil! –, setzten sie ihn immer wieder ein, um sich höchsten Respekt zu verschaffen. Drei Wochen lang hatte er die Kazettler aus Wills und meiner Kolonne zu beaufsichtigen gehabt, eine Zeit, die ihm reichte, um aus noch einigermaßen brauchbaren Arbeitern einen Haufen elender, krepierender Kreaturen zu machen.

Mit den Frischen kam auch ein neuer Kapo, Fritz. Putti wurde ans andere Ende des Tunnels beordert, wo er die Häftlinge, die von der Südseite her aus dem Lager Moselay einrückten, sicher nicht weniger schikanierte als unsere.

Von da an bekamen wir ihn auf der Baustelle nicht mehr zu sehen. Mit dem neuen Kapo brach ein neues, ein besseres, wenn auch kurzes Zeitalter an. Fritz war das Gegenteil von Putti. Der kleine, zackige Mann hatte bei einem Aufstand mitgemacht und wäre dafür fast erschossen worden. Warum die Exekution im letzten Moment noch abgeblasen und Fritz stattdessen als einer der ersten hundertfünfzig Häftlinge in das Konzentrationslager Natzweiler-Struthof eingewiesen wurde, konnte er selbst nicht sagen. Als wir ihn kennenlernten, war er schon ein alter KZ-Hase, dem keiner mehr etwas zu erzählen brauchte.

Die Frischen standen noch gut im Futter. Sie klotzten ran wie die Narren, und Fritz prügelte sie nur, wenn SS in der Nähe war. Aber auch dann holte er zwar kräftig zum Schlag aus, schrie dabei wie ein Wilder und riß eine so fürchterliche Grimasse, daß, wer ihn nicht kannte, schon fast vor Schreck starb. Kurz bevor sein Prügel auf den Körper eines Häftlings aufschlug, bremste er den Hieb geschickt ab, und der Aufprall war nur noch halb so schlimm. Die Kazettler in meiner Kolonne hatten Fritzens Methode schnell begriffen. Sie spielten mit und ließen sich dem angedeuteten Schlag entsprechend fallen oder schrien auf. Wie beim Film.

Will hatte erzählt, daß die Frischen beim Aussteigen aus ihren Bahnwaggons von der SS fürchterlich vermöbelt worden seien. Zum Spaß. Trotzdem schufteten sie in meiner Kolonne, daß ich schon nach zwei Tagen eine Auszeichnung von meiner Firma bekam. Auch mit Wills Kolonne war man zufrieden, obwohl seine Kazettler nicht, wie meine, komplett ausgewechselt worden waren. Er hatte noch einige mit durchzuschleifen, die schon mehr Gemeinsamkeiten mit Verstorbenen als mit Lebenden hatten.

»Wer noch zuckt, hat zu arbeiten, oder auch nicht mehr zu zucken.« Der SS-Kommandant hatte die Oberaufsicht über alle Kazettler, und natürlich hatten auch wir Zivilen der SS zu parieren. Keine Frage. Der Kommandant kontrollierte in völlig unberechenbaren Abständen unsere Baustelle im Tunnel. Die Ankunft anderer SS-Offiziere kündigte sich immer rechtzeitig an. Entweder sahen wir sie in ihren Wagen heranfahren, oder es wurde schon getuschelt, bevor überhaupt etwas zu sehen war, *ssssst, SS kommt*, und Fritz konnte mit seinem Tanz beginnen.

Der Kommandant *kam* nicht. Der Kommandant erschien. Wie ein Geist. Mit einem Mal stand er da, wie aus dem Felsen gewachsen, wie aus dem Entwässerungskanal gestiegen, blond und schlank. Unvermutet bewegte er sich plötzlich mitten im Geschehen. Mitunter hörten wir einen Häftling jäh aufschreien, und erst, wenn wir erschrocken zu ihm hinschauten, sahen wir, daß der Kommandant schon hinter ihm stand. Wir hörten seine Rute durch die Luft pfeifen und sich in einen Körper hineinbeißen.

»Hier sitzen die Nieren.« Der Kommandant dirigiert den Kazettler mit der Stockspitze und hebt damit die Jacke des Mannes von hinten an, bis unter die Schulterblätter.

»Die Schläge müssen effektiv sein«, belehrt er unseren Kapo Fritz. »Mit geringem Krafteinsatz optimale Ergebnisse erzielen. Klar?«

»Klar, Herr Obersturmführer.«

»Versuch doch mal.«

Fritz schaut ungläubig.

Mit der Stockspitze hält der Kommandant noch immer die gestreifte Jacke in die Höhe. So bietet er dem Kapo den nackten Rücken des Häftlings dar, der die Arme über dem Haupt verschränken muß. Er steht ganz still, aber wir sehen den Stoff seiner Hosenbeine flattern.

»Mach schon! Hier etwa sitzt die linke Niere.« Der Wortwechsel erinnerte an ein Gespräch unter Medizinern. Ein junger Chirurg vor seiner ersten Operation erhält Anweisungen vom Oberarzt. War der Kommandant hinter Fritzens Trick gekommen, daß er ihn in diese furchtbare Verlegenheit brachte? Ich weiß es nicht. Fritz wußte genau, was für ihn auf dem Spiel stand. Er hatte eine Position zu verlieren, die ihm eine Arbeit sicherte, mit der er überleben konnte. Er! Als Kapo mußte er nicht schuften bis zum Umfallen, wurde nicht gezüchtigt, und was das Wichtigste war, ein Kapo mußte nicht hungern. Eine Gleichstellung mit den anderen Kazettlern, weil er nicht handelte, wie man es von ihm erwartete, hätte seinen Tod bedeuten können. Mit einem solchen Zorn wie jetzt hatte ich Fritz noch nie gesehen. Der war echt, nicht gespielt wie sonst. Sein Schädel schwoll feuerrot an, sein Gebiß trat aus dem wutverzerrten Maul, und dann schwang er mit aller Gewalt seine Keule auf den entblößten Rücken. Ein Schlag, der dem Kazettler, der auch noch einer meiner fleißigsten Männer gewesen war, das Leben kostete und womöglich Fritzens Leben erhielt.

Aber der Kommandant ist noch nicht zufrieden. Er geht hinüber, wo Wills Kolonne beschäftigt ist und kommt mit einem von Wills Halbtoten zurück.

»Das Ganze noch einmal!«

Der Kazettler hält sich schon ohne Schläge kaum noch auf den Beinen, taumelt und fängt sich kurz vor dem Umfallen. Fritz zögert keinen Moment. Er geht hinter dem Mann in Position, stößt mit einem Schrei alle Luft aus seinen Lungen und landet die Keule im Rücken des dürren Mannes. Der klappte sofort nach hinten zusammen wie ein Taschenmesser. Fritz hat ihm bestimmt das Rückgrat durchschlagen.

Es hat keine Helden gegeben damals. So einer wie Fritz gehörte schon zu den Besten. Wir Zivilen, armseliger Haufen, trauten uns nicht einmal richtig hinzusehen, wenn wenige Meter neben uns Mordspiele begangen wurden. Wir taten, als ginge uns das nichts an, ja wir benahmen uns, als bemerkten wir nicht einmal, was vor unserer Nase verbrochen wurde. Das waren die Gemeinheiten der anderen, nicht unsere, und sie trafen andere, nicht uns. Ein Haufen Feiglinge waren wir, ein Scheißhaufen bekotzter, vollgewichster, erbärmlicher Flaschen, bibbernder Duckmäuser, lebensgeiler Ratten. Ach! Mag der andere zerschlagen werden, wenn ich nur lebe!

Und jetzt lebe ich. Und *wie* ich lebe! Jetzt krauche ich zwischen meinen Möbeln dahin. Hannes Roth, erreichst du den Stuhl nochmal? heute abend das Bett? erreichst du nochmal deine Vorräte, die manchmal, gegen Ende eines *Kathrins,* schon schimmeln? oder liegst du dann schon mit dem Gesicht in der Blutschüssel wie eine abgestochene Sau? und wird sie dich, wenn das *Kathrin* abgelaufen ist, finden, wenn es die Fliegen seit Tagen schon in deiner Arschfalte miteinander treiben?

Hannes Roth, sieh dich an in deinem Spiegel, falls es nochmal dazu kommt, daß Kathrin dich vor den Spülstein setzt, falls du dein Spiegelbild erhaschen kannst und nicht Kathrins Titten dir die Sicht versperren und das, was von dir übrig geblieben ist, hinter sich verstecken. Der Waschhandschuh, mit dem sie dich befährt, ist groß genug, deinen Schädel zu verbergen, mitsamt den Horchlöffeln an den Seiten, die sich neuerdings im rechten Winkel vom Kopf abwenden, als wollten sie ihn verlassen und nichts mehr mit ihm zu tun haben, als müßten sie sich abnabeln und davonfliegen. Roter Schaum, Hannes Roth, tritt vor deine Schnauze, sobald ein kurzer Hustenstoß die Brust durchschneidet, die Bläschen platzen vor dem Maul und sprühen rote Spritzer auf das Schreibpapier, auf dem du deine Seele zu retten versuchst. Und keiner sieht hin, wenn deine sich so schnell verlierende und doch so elend langsam dahinirrende Zeit dir den Prügel ins Rückgrat schlägt.

Draußen gehen die Menschen ihren vielfältigen Arbeiten nach und wissen nichts von dir. Die Glücklichen! Sie wissen nichts von mir. Ich aber weiß von jenen, die unter meinen Augen am Boden zertreten wurden, die zum Spielzeug launischer Tyrannen wurden, die sich Herrenmenschen nannten. Ich weiß von jenen, denen zum letzten Mal der Atem entfuhr, während ich danebenstehend mit der Maurerkelle den frisch aufgebrachten Putz glättete und in Richtung Tunnelportal schauend, an der Farbe des Lichts, das dort hineindrang, den Stand der Sonne und damit die Zeit bis zum Feierabend zu erfassen versuchte.

Um die Namen der Kazettler haben wir uns nicht gekümmert. Deshalb kann ich auch nicht sagen, wie der Russenjunge geheißen hat, der mir durchgebrannt ist. Einzig die Namen von drei italienischen Kazettlern sind mir bekannt geworden, und ich werde die Erinnerung an sie bis zur Grenze meines erbärmlichen Daseins mitschleppen.

Der Tunnel, von dem ich rede, in den wir täglich einrückten, dieser gewaltige Raum im Berg, wurde von uns in einem höllischen Tempo zu einer wirklich passablen Fabrik ausgebaut. Im März 1944, bevor unsere Firma mit ihren Arbeiten begann, hatte ein Konvoi von Kazettlern das Loch vom Dreck der vergangenen Jahre geräumt. Als erstes gossen wir gewaltige Tore aus Stahlbeton, zehn Meter dick und ebenso hoch. Die tonnenschweren Klötze wurden auf Rädern aus Stahl gelagert wie die von Lokomotiven. Die Räder wiederum saßen auf Schienen. Mittels der Tore konnten die Tunnelportale verschlossen werden, bombensicher.

Hier verschluckte der Berg morgens und abends lange Menschenkolonnen, die am Fluß entlang von beiden Seiten aus den stacheldrahtverhauenen Lagern herangezogen kamen. Danach entließ er unwillig diejenigen, die in seinem Innern bis zur Erschöpfung getrieben worden waren und sich jetzt selbst und ihre geschwächten Kameraden in die Lager schleppten, auf Brot und etwas Ruhe hoffend.

Hinter den Toren entstanden Montagekammern, nachdem die Tunnelwände mit Backsteinen verklinkert worden waren. Will und ich schafften es, mit unseren beiden Kolonnen innerhalb einer Schicht eine solche Kammer hochzumauern, obenauf eine Decke zu gießen und den ganzen Kasten von allen Seiten zu verputzen. Ein Erfolg, den wir auch Fritz zu verdanken hatten, der sich nach dem Vorfall mit dem Kommandanten gegenüber den Häftlingen noch mehr zurückhielt, seine Show aber immer perfekter abzog, wenn SS anrückte. Am Tag nach der Fertigstellung einer Kammer wurden durch eine andere Firma Strom und Wasser verlegt, schwere Maschinen verladen und aufgestellt, und wieder einen Tag später begannen Arbeiter, die aus Stuttgart gekommen waren und zu Bosch gehörten, mit der Produktion von Zündkerzen. Zunächst erschien uns der gigantische Aufwand dieser kleinen Dinger wegen lächerlich. Als aber immer mehr zu uns durchdrang, daß es in den deutschen Großstädten Bomben hagelte, bevorzugt auf Rüstungsbetriebe, gingen uns nach und nach die Lichter auf. Ein unausgesprochenes Einverständnis lag in der Luft, und viele hatten Witterung aufgenommen, die Kazettler, wir, die Zivilen, auch deutsche Soldaten, die ihren Einsatz längst satt hatten und nach Hause wollten: den Deutschen stand das Wasser bis zum Hals. Täglich rückten neue und mehr Menschen in die Fabrik ein. Die Nervosität der SS-Leitung, denen Zeit und Führerwillen gleichermaßen im Nacken saßen, setzte sich die Stufenleiter der Beteiligten hinunter fort bis zum letzten noch zappelnden Menschengeschöpf. SS-Männer und Kapos übertrafen einander mit ihrem Einfallsreichtum an Schikanen und Quälereien. Wir arbeiteten uns zur Mitte des Tunnels vor, wo wir auf die Arbeitskolonnen treffen sollten, die sich von der anderen Seite her voranschafften. Hier fürchteten wir, auch Putti wieder zu begegnen.

»He, ihr da und du, fünf Mann, ihr kommt mit!« Die meisten Kazettler verstanden kein Wort, erkannten nur an meinen Bewegungen, vielleicht am Ton meiner Stimme, was ich von ihnen wollte. Es mußte Zement herangeschafft werden, und ich hatte mir die kräftigsten herausgesucht.

Der gesamte Rest meiner Kolonne stocherte mit Schaufeln in einem Haufen Kies und Zement herum, um ihn unter Zugabe einer ordentlichen Portion Wasser in Beton zu verwandeln. Es war schon später Nachmittag, aber ich hatte mir vorgenommen, noch heute die Decke der Montagekammer zu gießen. Die Verschalung stand. Es mußte nur noch Beton hinein. Fritz rannte wie ein Dompteur hinter den schaufelnden Kazettlern im Kreis, brüllte wie ein Löwe und schlug seinen Knüppel auf den Boden, daß es krachte. Aber niemand fürchtete den Kapo. Als Fritz in meine Nähe kam, raunte er: »Langsam, Idiot, morgen ist auch noch ein

Tag.« Ich nahm seinen Hinweis kaum zur Kenntnis, hatte nur meine Betondecke im Sinn. Im Laufschritt kamen die fünf und brachten Zement, kippten ihn auf den großen Haufen oder legten die Säcke ab, ganz nach meinen Anweisungen, drehten sich auf lumpigen Absätzen um und rannten zurück, neue Säcke zu holen. Ich hatte das Hin und Her bald nicht mehr unter Kontrolle. Fritz führte eine Art Schamanentanz auf, womit er auf einen Wachsoldaten direkt in unserer Nähe offenbar Eindruck machte, denn dieser stand da wie angewurzelt, die Knarre geschultert, und gaffte blöde auf unseren Haufen und den um uns herumhampelnden Medizinmann Fritz, der, als er die Aufmerksamkeit des Soldaten auf sich gerichtet wußte, begann, unglaubliche Töne zu produzieren, die tief in den Tunnel hineinschwangen, so daß selbst einige meiner Kazettler zu lachen begannen. Während all dem bemerkten wir nicht, daß einer meiner Zementsackschlepper nicht wieder auftauchte, und als der tumpe Wachsoldat aus seiner Erstarrung herausgetreten war, brüllte er etwas von Sammeln, *aber ein bißchen flott!* Auch diese geschrieenen Befehle, so vermute ich, verstand kaum ein Kazettler. Sie achteten vielmehr auf Klang und Schärfe der Stimme.

Die Angebrüllten ließen ihre Schaufeln fallen und formierten sich auf der Tunnelstraße zum Abmarsch. Ich habe nie erfahren, warum an diesem Tag fast eine Stunde früher als gewöhnlich Feierabend gemacht wurde. Ich fühlte mich gestraft für meinen Ehrgeiz, mit der Decke noch an diesem Tag fertig werden zu wollen. Schließlich stand ich vor einem Berg von halbfertigem Beton, der über Nacht trocknen und am nächsten Morgen größtenteils zu unbrauchbarem Stein erstarrt sein würde und den wir aus dem Tunnel zu schaffen hatten, womit ein paar Kazettler mehrere Stunden lang beschäftigt sein würden.

Schichtende! Die Tore aus Stahlbeton schieben sich zur Seite, angetrieben von zwei Dieselmotoren. Ein Rumoren wie ferner Donner, nur lauter. Das einfallende Tageslicht macht deutlich, in welcher Dunkelheit wir den ganzen Tag über gearbeitet haben. Jetzt brennt sie sich schmerzlich in die Augen, die Sonne, auf die sich der Zug der Kazettler zubewegt, begleitet von Kolbenstößen und Rempeleien. Ich halte mir die Hand eine Weile vor die Augen. Dann öffne ich sie wieder. Verschlissene Gestalten ziehen in Dreierreihen an mir vorbei. Hohle Gesichter blicken hinter die Helligkeit, wo sie Brot und Suppe erhoffen. Um Himmels Willen! Laß es Brot und Suppe geben heute abend für diese ausgemergelten Gestalten in blauweiß gestreiften Lumpen. Die blutenden Füße sind in Lappen gewickelt. In die Kleiderfetzen schlagen spitze Knochen kantige Beulen. Hände fallen aus den Ärmeln. Manche dieser Gestalten tragen ihre Hose in den Händen, und die nackten Storchenbeine hinunter rinnt graue, dünne Scheiße, die beißt uns in der Nase. Doch das ist belanglos im Vergleich zu der Hoffnung auf Brot und Suppe. Minutenlang ziehen sie vorüber. Zum Schluß kommt der Stoßkarrentrupp. Die kräftigsten fahren in den Karren die Tagestoten zum Lager. Erschöpfte, Gefolterte, Gemordete.

Dort werden abends die Leichname durch den Kommandanten begutachtet, als handele es sich um zusätzliche Erfolge. Leistungen zuverlässiger Schlächter. Beim Abendappell läßt er die Toten vor der vorderen Linie aufreihen, wie Wildbret.

Ich machte mich zusammen mit Will auf den Nachhauseweg. Wir mußten einige Kilometer weit über den Bahndamm laufen, und ehe wir die Ortschaft Tessem erreichten, wo wir im Hotel *Froher Weinberg* unser Quartier hatten, waren wir gezwungen, am Lagerzaun vorbeizuziehen.

Das Tunnelportal hatte sich hinter dem Häftlingszug geschlossen, und wir nahmen den Ausgang durch den Bunker. Wieder kniffen wir die Augen zusammen. Es war einer der wenigen wirklich hellen Sommertage. Wir streckten genüßlich unsere Leiber aus und reckten die Gesichter der Sonne entgegen, die noch über den Moselbergen strahlte. Es war windstill.

Geraschel und kräftiges Knacken im Unterholz, schnelles Getrappel direkt vor uns in der Böschung des Bahndamms. Vorsichtig bewegten wir uns in die Richtung, weil wir dort ein Stück Wild vermuteten. Manchmal hatten wir Rotwild unten auf den Wiesen am Fluß äsen sehen. Ich traute meinen Augen nicht, als ich den Verursacher der Raschelei erkannte. Im dichten Gestrüpp lag mein Russe, den ich zum Zementsackschleppen angestellt und dessen Verschwinden ich bis dahin noch nicht bemerkt hatte.

»Was machst *du* denn da?« Wie automatisch stellte ich diese saublöde Frage. Er kauerte unbeweglich vor uns mit weit aufgerissenen Augen. Ich schaute mich um, ob uns jemand beobachtete. Niemand da.

Wills Ellenbogen fuhr mir in die Rippen, richtig feste, daß ich ihn verärgert anfuhr: »He! Hast du sie noch alle?«

»Wenn du nicht sofort still bist, Hannes...!« drohte er, packte mich am Arm und drängte mich zum Weg hin. »Komm, laß uns gehen!«

»Er hat so gut wie keine Chance, Will!«

»Das weiß ich auch, aber wenn wir ihn ergreifen und ausliefern...« Er sprach den Satz nicht zu Ende.

»Spätestens in einer Stunde werden sie wissen, daß er fehlt. Dann geht die Treibjagd los.«

Will schwieg, doch sein Schritt wurde entschlossener. Weg hier! Wir durften ihn nicht gesehen haben.

Natürlich haben sie ihn geschnappt und umgebracht. Ein paar Tage später lief er einer Polizeistreife geradewegs in die Arme. Jeder, der abgehauen war, wurde umgebracht. In den bruchsteinernen Seitenwänden des Tunnelportals hatte die SS Haken anbringen lassen. Manchen sahen wir dort schon morgens hängen, in aller Herrgottsfrühe, mit dem Schild auf der Brust:

Ich dummes Karnickel wollte rennen,
jetzt muß der Hals am Haken hängen.

Deutsche Poesie.

»Weißt du, daß deine Italiener halbe Letzebuerger sind?«

»Mach Dinger!« Aus Wills Mund hörte ich jetzt zum ersten Mal ihre Namen.

»Woher weißt du?«

»Ganz einfach, Sie haben es mir erzählt.«

»Du *redest* mit ihnen?«

»Fritz hat nichts dagegen. Wir unterhalten uns auf Italienisch. Keiner versteht, was gesagt wird, und das ist gut so. Sie kommen alle drei aus Esch-sur-Alzette, sind Mitte der zwanziger Jahre zugewandert.«

»Bergleute, was?«

»Ja, sie kommen aus den Erzgruben.«

»Daher sind die so robust!«

»In der anderen Schicht sind noch mehr von der Sorte, alle aus Letzebuerg, und alle kennen sich untereinander. Einer von deinen heißt Fioretti. Seine Schwiegermutter besitzt ein Lokal in der Deutsch-Otherstraße. Das kenne ich.«

»Ja und?«

»Paß auf! Samstagmorgen fahre ich für zwei Tage nach Hause. Urlaub. Ich muß sowieso in Esch-sur-Alzette aus dem Zug und bis Tetingen zu Fuß laufen. Vom Bahnhof bis zur Deutsch-Otherstraße sind es zehn Minuten zu gehen. Das ist nur ein kleiner Umweg.«

Ich begann zu schwitzen. Nicht wegen des warmen Sommerwetters, sondern wegen der sich anbahnenden Mitwisserschaft, die ich ahnte und fürchtete. Ein mulmiges Gefühl schlug mir auf den Darm, als Will sagte: »Ich habe ihnen versprochen, Briefe nach Letzebuerg mitzunehmen.«

»Bist du wahnsinnig geworden?«

Mein Darm schien sich zu überschlagen. Ich spürte ein Ziehen quer durch meinen Leib, und dann entleerte er sich auch schon krampfartig. Ich bekam meine Hose nicht schnell genug runter, ging gekrümmt in die Hocke und watschelte in dieser Haltung an den Wegrand, wo ich mich unter tiefhängendem Baumlaub verbarg. War das eine Schmiererei, bis ich alles einigermaßen wieder in Ordnung gebracht hatte! Will stand in der Sonne und grinste: »Ist mir auch schon passiert. Kein Wunder bei dem Fraß, den man uns vorsetzt.«

Kathrin hat für meine Lage *kein* Verständnis. Nicht daß sie sich bei mir beschwerte! Nein! Sie schimpft nicht, wird nie ausfallend. Still erledigt sie alle Säuberungsarbeiten, die hier anfallen, im Zimmer und an mir. Mechanisch. Ihr Gesicht verändert sich nie, egal, was sie gerade tut, ob sie den Putzlumpen über dem Eimer auswringt, das Bett frisch bezieht oder mir mit der Bürste im Mund an den letzten Zahnruinen herumstochert; sie schaut immer gleich. Sie guckt nicht böse, auch nicht unwillig, nichtmal genervt, stöhnt nie. Gelassen verrichtet sie ihren Dienst, während ich mich nach einem Schimmer Freundlichkeit in ihrem Antlitz verzehre, mich sehne nach einem vertrauten Wimpernschlag.

In den Nächten unserer ersten Jahre hatten wir uns ineinander vergraben, daß wir wie besoffen nicht mehr wußten, ob wir eins oder zwei waren. Auf unseren Spaziergängen, wenn wir an den Wochenenden in den Ardennen weit weg von den Dörfern waren, richtete ich uns aus Moos und Gras ein weiches Lager. Darauf breiteten wir uns aus, stundenlang, dicht aneinander geschmiegt und ließen den Wind über unsere nackten Körper streifen.

Ich spüre, wie widerlich sie mich und dieses Zimmer findet. Und *das* ist es ja auch, widerlich. Wahrscheinlich stinkt es hier drinnen wie die Pest. Aber ich rieche nichts. Ich brauche mir ja nur meinen Kackeimer neben dem Bett anzusehen. Wie der schon von außen aussieht! Das muß einfach stinken! Aber was soll ich machen? Ich kann mich ja nicht mal auf den Beinen halten, geschweige meinen Stall selber ausmisten. Das Handgelenk, das den Schreibstift zwischen den Fingern in Bewegung hält, ist alles, was an mir noch funktioniert. Und natürlich der Kopf. Es taugt aber zu nichts, wenn der Kopf noch gesund ist, und der Leib schon stirbt. Wenn nicht auch der Leib einigermaßen tüchtig bleibt, dann soll – verdammt nochmal! – auch der verfluchte

Kopf verrecken. Läge ich jetzt da und auch der Kopf wäre hinüber, würde es mich nicht kümmern, daß ich die Luft verpeste und schüsselweise rote Spaghettibrühe fabriziere. Wohl dem, der seinen Abgang nicht mehr begreift!

Warum schreit sie mich nicht an? Du alte Sau, könnte sie sagen, scheiß gefälligst *in* den Eimer, nicht daneben, oder streng dich an und gieße das Blut abends in den Spülstein und laß genügend Wasser nachlaufen, oder nimm dir ein Stück Seife und einen Lappen und versuche wenigstens dein Gesicht einmal am Tag zu waschen, oder lüfte morgens das Zimmer eine halbe Stunde lang oder putz ab und zu mit einem Lumpen über den blutbesprenkelten Tisch, oder setze dich abends vor dem Schlafengehen nochmal auf den Eimer, oder, oder, oder... Aber nichts! keinen Mucks! Würde sie sich die Nase zuhalten und sagen, du stinkst, daß es mir zum Kotzen ist, es wäre wie eine Liebeserklärung von damals.

Das Leben hat mich ja wirklich mit vielen Wassern gewaschen, und ich gehöre nicht zu den Leuten, die gleich in Tränen ausbrechen. Aber wenn ich an Bäbchen denke, und wie es wäre, wenn sie an Kathrins Stelle wäre, kann ich mich nicht mehr zusammenreißen, und ich löse mich fast auf, innerlich.

Daß ich jetzt wieder hier sitze und schreibe, ist mehr als ein Wunder. Unmittelbar, nachdem ich gestern nachmittag den letzten Abschnitt geschrieben hatte, erlitt ich einen Anfall, der mich dermaßen zerriß, daß ich glaubte, mein Ende sei da. Zunächst schien sich bei der Erinnerung an Bäbchen mein Leib aufzulösen. Mir glitt der Stift aus den Fingern, und ich fühlte meine Hand nicht mehr. Taubheit kroch den rechten Arm hinauf in die Schulter, durch den Hals in den Kopf, von dort zum linken Arm hinüber, fand Raum erst in der Brust, dann im Bauch, dehnte sich im Becken, die Beine hinunter bis in die Füße und in die Zehen hinein. Ich dachte, so ist es also, wenn der Tod sich breit macht in einem Menschen. An einem Teil des Körpers fängt er an und frißt sich von dort weiter.

Ich hatte jede Kontrolle über meinen Leib verloren und stürzte vom Stuhl. Ich empfand keinen Schmerz, merkte auch den Aufprall nicht, wunderte mich aber, daß ich es krachen hörte und nahm, als ich dalag, enttäuscht zur Kenntnis, daß mein Kopf noch immer nicht mitgestorben war. Ich hatte meine Gedanken völlig beieinander und versuchte mir sogar vorzustellen, wie ich nun weiterleben würde ohne diesen Körper. Die Vorstellung gefiel mir. Waren doch damit all meine Nöte erledigt! Ich sah, daß Blutschaum aus meinem Mund herausgelaufen war, ja, gelaufen! ohne Hast, nicht wie sonst, wenn er unter schweren Zuckungen der Lunge hinausgeschleudert wurde. Auch das hielt ich für ein gutes Zeichen. Vielleicht ist es ja immer so, wenn man stirbt, dachte ich. Der Leib geht dahin, und dem Geist geschieht nichts. Er funktioniert, lebt einfach weiter, als sei nichts geschehen. Und daß ich jetzt gestorben war, dafür sprach doch einiges. Schließlich bewegte sich mein Körper nicht mehr, und vielleicht waren meine Augen schon gebrochen, und die Leichenstarre hatte eingesetzt.

Als Kathrins Füße vor mir auftauchten, war die ganze Vision mit einem Schlag dahin. Sie hatte einen Arzt mitgebracht, und die beiden bugsierten mich gemeinsam ins Bett. Dann habe ich ein paar Spritzen bekommen, die ich sehr wohl wieder gespürt habe. Kurz darauf muß ich eingeschlafen sein. Ich überlege, wieso Kathrin mich so schnell finden konnte. Nach meinem Ermessen hatte ich nur wenige Minuten am Boden gelegen, bis sie aufgetaucht war, und ich befand mich inmitten einer großen *Kathrin.* Was mich irritiert, ist der Gedanke, daß ich überhaupt nicht weiß, wo Kathrin eigentlich wohnt.

Wir waren hundsmüde, als wir am Samstagmorgen auf die Ladefläche des LKW's kletterten, der uns vom Tunnel ins Dorf zu unseren Quartieren brachte. Die Tunnelwände hatten geschwitzt, die ganze Nacht, und wir waren klamm bis auf die Haut. Auf der Fahrt sprach kaum jemand. Es war saukalt, die Luft, schwer von feinen Wassertröpfchen, ließ sich kaum atmen. Alle verkrochen sich in ihren Klamotten, und die Kazettler, die in der Kolonne marschieren und die vier, fünf Kilometer lange Strecke zu Fuß hinter sich bringen mußten, an denen sich unser Lastauto rumpelnd vorbeischob, schlotterten noch mehr als wir.

Wills Zug ging um viertel nach zehn. Bis dahin blieben ihm noch gut drei Stunden.

»Ich werd mich so lange aufs Ohr hauen.«

Ich murmelte: »Verpenn nicht!«

»Brauchst keine Angst zu haben, eher verschlafe ich die deutsche Kapitulation.«

»Hältst de die Fresse! Irgendwann kriegen se dich!«

Will lachte.

Ich erwachte wie immer, wenn ich Nachtschicht hatte, gegen Mittag. Ich reckte mich und überzeugte mich, daß er nicht verpennt hatte. Sein Bett war leer.

Er habe nur vor sich hingedöst und sei trotz seiner Müdigkeit nicht feste eingeschlafen. Pennst nachher im Zug, habe er sich gesagt, und als er gegen halb neun seiner Müdigkeit fast nachgegeben hätte, sei er aufgeschreckt vom Bett gesprungen, habe sich mit beiden Händen kaltes Wasser ins Gesicht geklatscht und sich auf einen Spaziergang durch das Dorf begeben, um so die Zeit bis zur Abfahrt des Zuges auf der anderen Seite der Mosel zu überbrücken. Die Tessemer seien alle schon sehr geschäftig gewesen. Frauen hätten Weißbrote vom Bäcker nach Hause getragen, andere seien mit Körben voller Gemüse, Salat und Blumen aus ihren Gärten zurückgekehrt, und vor den Häusern hätten sie mit Besen und Schaufeln hantiert.

Auch wenn die Tessemer Kirmes in diesem Jahr nicht groß gefeiert wurde, sollten wenigstens die Straßen sauber und der Mittagstisch am Sonntag ordentlich gedeckt sein. Und wenn die Cousinen aus Müden oder Cond den langen Fußweg auf sich nahmen, um am Sonntagnachmittag ihren Kirmesbesuch abzustatten, sollten zumindest ein paar Kuchen auf dem Tisch stehen. Die Moselaner sind ein fleißiges, ordentliches Volk. Jeder mühte sich, dem bevorstehenden Tag doch noch etwas Feierliches zu verleihen, und auch die Handvoll Männer, die nicht in den Krieg ziehen mußten, halfen mit, so gut sie konnten. Ich selber habe mich um die Leute in Tessem nie sonderlich gekümmert. Aber Will wußte gut über sie Bescheid.

Er habe den Marktplatz überquert und plötzlich Stimmen vernommen, andere Geräusche als die, die aus der allgemeinen Geschäftigkeit entstanden. Gesang, eher Gegröle, sei durch ein Fenster gedrungen. Jemand habe es geöffnet, und Will habe einen deutschen Soldaten erkannt, umringt von Frauen. Der hatte wohl Heimaturlaub. Er habe auf eine bekannte Melodie gesungen:

Es geht alles vorüber,
es geht alles vorbei,
auch Adolf Hitler
und seine Partei.

Will habe den Text des Liedes genau verstanden, obwohl es in den zehn Uhr Glockenschlag hineingedrungen sei, der sich gleichzeitig feierlich über das Dorf legte.

Der Kirmes wegen durfte an diesem Wochenende ausnahmsweise geläutet werden. Der Pfarrer hatte sich eine besondere Genehmigung einholen müssen, und ich erinnere mich, daß an beiden Tage keine Gelegenheit ausgelassen wurde, die Bronze im Turm zu schwingen und zum Tönen zu bringen, so daß meine Kollegen und ich froh waren, als das Läuteverbot am Montagmorgen wieder in Kraft trat.

Will, der keine Uhr besaß, sei erschrocken – *schon zehn!* – und losgerannt, die Dorfstraße hinunter, über die Brücke zum Bahnhof, wo der Zug abfahrbereit gestanden habe. Beim Einsteigen sei auch schon der Pfiff zu hören gewesen, das Signal für die Abfahrt.

Fährt man mit der Eisenbahn die Moselstrecke hinauf, legt sich hinter der Ortschaft Klotten der Zug schräg in die Gleise einer weitgestreckten Kurve. Durch die Fenster der hinteren Wagen ist die Lokomotive zu sehen, welche die Waggons hinter sich her schleppt. Sitzt man im Zug, glaubt man, die Landschaft draußen und nicht man selbst neige sich zur Seite. Die Berge hängen schief, und die Mosel müßte eigentlich zum diesseitigen Ufer hin auslaufen.

Dann taucht eine Stadt auf. Merkwürdig hoch hängt sie am Himmel, und ihre Märchenburg droht von ihrem Sockel zu kippen. Erst wenn die Kurve zu Ende gefahren ist, kurz bevor die Stadt sich den Blicken des Reisenden entzieht, richtet sie sich wieder auf und steht einigermaßen gerade.

Auf Wills Mitreisende habe das gewirkt wie ein Signal. Sie hätten plötzlich begonnen, lauter als zuvor miteinander zu reden, so, als wären alle mit einem Mal schwerhörig geworden.

»Mach et good, bes nächst Woch. Tschö! Soh en schöne Gruß dahäm«, hätten sie gerufen, und: »Hoffentlich hiert ihr bal mol ebbes von euerem Karl.«

Der Dialekt ist unserm Letzebuergischen sehr ähnlich, und wir verstehen fast alles.

Sie seien unruhig von ihren Plätzen aufgestanden, während der Zug noch in Fahrt gewesen sei, hätten sich nach Gepäckstücken gereckt, dabei aber gegenseitig im Wege gestanden, weil alle gleichzeitig das gleiche tun wollten. Und während sie sich mit kleinen Schritten vollbeladen durch den engen Mittelgang zur Wagentür hin gezwängt hätten, sei in das kreischende Bremsen des Zuges hineingerufen worden:

»Also nochemol, tschüs dann!«

»Jo, macht et good.«

»Schöne Gruß on't Klärche!«

»Jo jo, tschö!«

Der Zug sei mit einem heftigen Ruck zum Stehen gekommen, und nur dem dichten Gewusel aus Gepäckstükken und Menschen sei es zu verdanken gewesen, daß niemand umgefallen sei.

»Cochem, hier Cochem!« habe der Lautsprecher auf dem Bahnsteig gekrächzt.

Wills eine Hand hatte die ganze Zeit, von Tessem bis hierher, in der Jackentasche gesteckt, worin sie die beiden Briefe fest umschlungen hielt. Ich hatte lange auf ihn eingeredet, daß er das sein lassen solle, hatte ihn gewarnt, er könne sich um Kopf und Kragen bringen. Aber er wollte nicht hören. Während der Nachtschicht von Freitag auf Samstag hatte er die Briefe von meinen Italienern entgegengenommen. Genauer: es handelte sich weniger um richtige Briefe als um ein mit Bleistift beschriebenes Stück Papier, das der Italiener Fioretti aus einem Zementsack herausgerissen hatte, und um einen kleinen weißen Zettel von Angelini, der mit einem spitzen Bleistift so fein und winzig beschrieben gewesen sein soll, daß Will von einem richtig langen Schreiben des Angelini an seine Frau sprach. Will habe die Briefe im Zug gelesen, natürlich ohne Wissen der Italiener und sich deshalb ein schlechtes Gewissen gemacht. Wir haben nie darüber gesprochen, was sie sich zusammengekritzelt hatten. Ist ja auch egal, sicher waren es die üblichen Dinge, die aus den KZ's geschrieben wurden: mach dir keine Sorgen, wir müssen viel arbeiten, das Essen ist dürftig und schlecht, aber sonst geht es mir gut.

Das Zugabteil sei fast leer gewesen, als die Lok wieder losgedampft sei. Will habe seine feuchten Hände gespürt und gefürchtet, der Schweiß könne den geschriebenen Text verwischen. Vorsichtig habe er sich umgeschaut:

Kann ich beobachtet werden?

Nein.

Und wenn schon! Niemand weiß, was das für Briefe sind. Die beiden Frauen auf der anderen Seite des Mittelganges steckten ihre Köpfe zusammen und wisperten miteinander. Keine Gefahr!

Er habe die Papiere aus der Tasche gezogen – vorsichtig –, und dann sei ihm fast das Herz in die Schuhe gerutscht, vor Schreck. Plötzlich sei die Abteiltür aufgerissen worden, und wie ein Peitschenhieb sei es durch das Abteil geklatscht, nicht als Aufforderung, sondern als Befehl:

»Guten Tag. Die Fahrkarten, bitte!«

Im gleichen Moment habe sich dunkle Nacht über ihn gesenkt und er habe geglaubt, sein Kreislauf sei zusammengebrochen. Dann habe er wieder die Stimme des Kontrolleurs gehört, freundlich diesmal, ohne jede Anspannung, erheiternd sogar:

»Lassen Sie sich Zeit, verehrte Fahrgäste. Der Kaiser-Wilhelm-Tunnel ist der längste Eisenbahntunnel Deutschlands, ganze 4200 Meter lang, und wir brauchen vier Minuten, bis wir in Eller das Licht der Welt wieder erblicken.«

Erst als der Zug nach einer dreiviertel Stunde die Bahnstation Wengerohr erreicht und angehalten habe, hätte er den Schrecken verdaut gehabt. Er habe das Fenster geöffnet, ein paar Mal tief Luft geholt und die Briefe erneut, diesmal aber entschlossen aus der Tasche gezogen – abgewartet, bis draußen die Landschaft wieder an ihm vorüberzog – und gelesen.

Auf dem Schild über der Eingangstür habe die einstmals in goldenen Buchstaben aufgebrachte, inzwischen aber abblätternde Schrift gestanden: *Italienisches Gasthaus Calloni*.

»Tut mir leid, wir haben noch geschlossen. Kommen Sie um sechs wieder!« Die Stimme der Frau aus dem Eckhaus in der Deutsch-Otherstraße habe krächzig und unfreundlich geklungen. Zehnmal habe Will energisch an das Eisengitter über dem Türfensterchen geschlagen.

»Frau Fioretti, öffnen Sie, ich habe eine dringende Nachricht!«

Nichts mehr habe sich geregt im Haus. Darauf habe Will die Faust auf das Gitter mit einer solchen Wucht geknallt, daß er selbst erschrocken gewesen sei über den Lärm. Irritiert habe er sich umgesehen, und Schweiß sei ihm auf die Stirn geschossen.

Wenn jetzt Polizei aufgetaucht wäre und ihn beobachtet hätte! Nicht auszudenken, wenn man ihn durchsucht und die Briefe bei ihm gefunden hätte!

»Öffnen Sie!« habe er noch einmal geschrien. Aber nichts habe sich getan.

Schon sei er im Begriff gewesen, sich davonzumachen, da habe er die Tür knarren, das Glas im Türfensterchen rappeln hören. Ein runzliges Frauengesicht, in ein schwarzes Kopftuch gehüllt, wie es die südländischen Weiber alle bei uns tragen, habe im Türspalt gesteckt.

»Was wollen Sie?«

Die Angelegenheit auf der Straße zu erledigen, das war ihm zu gefährlich. Er hatte nicht das Risiko, die Briefe zu überbringen, auf sich genommen, um jetzt von dieser Alten abgekanzelt und womöglich noch in eine mißliche Situation gebracht zu werden.

Entschlossen sei er mit derben Schritten auf die Frau zugegangen, habe gegen ihren schwachen Widerstand die Tür aufgerissen, sei eingetreten und habe sie hinter sich ins Schloß geknallt.

»Ich will Ihnen jetzt mal was sagen, Frau Fioretti...«

»Ich heiße Calloni. Was wollen Sie?«

»Ich will Frau Fioretti sprechen, aber sofort. Und ohne weitere Fragen. Haben Sie verstanden?« Den letzten Satz habe er hinausgeschrien und der Alten dabei so scharf ins Gesicht geblickt, daß diese sich wortlos verzogen habe. Im Gastraum sei es düster gewesen, die Vorhänge zugezogen als Signal nach draußen: die Wirtschaft hat geschlossen. Im Raum habe ein Duft gelegen, den er nicht habe einordnen können, den er aber für das Aroma fremdländischer, ihm unbekannter Speisen und Gewürze gehalten habe. Er habe einen Stuhl herangezogen, sich darauf fallen lassen, aber sofort wieder erhoben, denn der Vorhang, durch den die Alte verschwunden war, habe sich zur Seite geschoben, und eine Frau sei erschienen in einem Hausmantel aus Plüsch, den sie sich wohl schnell übergeworfen hatte, denn darunter sei sie eindeutig ohne Kleider gewesen.

»Fioretti, guten Tag.«

Ihr schwarzes Haupthaar, durch das sie immer wieder mit gespreizten Fingern gefahren sei, um es zu bändigen, habe wie eine Löwenmähne in die Luft gestanden.

»Wilhelm. Johann Peter Wilhelm. Guten Tag.«

»Entschuldigen Sie, ich habe geschlafen. Bitte setzen Sie sich wieder. Grappa?«

»Danke, gerne.«

Ihr Gesicht, noch schlafverquollen, habe sofort Wärme verströmt, und in dem Raum habe sich der Hauch einer bettwarmen reifen Frau ausgebreitet. Will habe ihn eingesogen wie den Duft einer teuren Zigarre.

»Was gibt es denn?«

Während die Frau sich vor dem Buffet nach einer Flasche und Gläsern reckte, habe Will zu erzählen begonnen, woher er komme, wer er sei, daß er ihren Mann und andere luxemburgische Italiener kenne, in welcher Beziehung er zu ihrem Mann stehe, wie oft er ihm begegnet sei und so weiter und so fort...

Natürlich fragte sie Will begierig aus: nach dem Wohlbefinden ihres Mannes, ob die Arbeit denn erträglich sei und das Essen schmecke und ob die Italiener bei Gesundheit und gut untergebracht wären....

Er habe gelogen, gelogen, gelogen... Noch nie im Leben habe er in so kurzer Zeit so viele Unwahrheiten gesagt.

Er mußte darauf achten, daß er sich mit dem, was er log, nicht im Widerspruch zu den Briefen befand. Aber ich vermute, daß auch diese die furchtbare Wahrheit von Tessem und Moselay verschwiegen haben.

An einigen Sachen, habe er gesagt, würde es schon fehlen, und er habe belanglose Dinge genannt, um die Frau nicht zu beunruhigen. Was hätte ihr die Wahrheit genutzt? Rasierzeug sei knapp, weil die Deutschen alles Metallene in Waffen umgeschmiedet hätten, Genußmittel wie Kuchen und Wein gäbe es natürlich auch kaum.

Dann habe sie gesagt, sie wolle sehen, was sie bis morgen auftreiben könne und gefragt, ob er so freundlich sei, die Sachen nach Tessem mitzunehmen. Offenbar hatte die Frau keine Ahnung, was in den deutschen Konzentrationslagern los war, was sie Will mit ihrer Bitte abverlangte und in was für eine Lage sie ihn damit brachte.

Ich weiß nicht, ob Will über seine Antworten lange nachgedacht hat. Ich fürchte allerdings nicht. Will war ein unverbesserlicher, aus einer warmherzigen Spontaneität heraus handelnder Mensch, ein dummer, blöder Hund war er! Ein verflucht guter Kerl. Zu gut.

»Ich schreibe Ihnen meine Adresse auf. Ich wohne in Tetingen, eine Stunde von hier, gleich gegenüber der Kirche. Kommen Sie morgen dorthin, wenn Sie wollen, und sagen Sie den anderen italienischen Frauen Bescheid. Bis dann also.«

»Ja, und vielen, vielen Dank auch, vielen Dank. Ich komme morgen. Ganz sicher komme ich morgen.«

»Ach, noch was«, habe er wie beiläufig gesagt, als er schon aufgestanden und an der Tür gewesen sei. In Wirklichkeit sei ihm die ganze Zeit klar gewesen, daß sich das Gespräch nur auf diesen Augenblick hin zu bewegte, den er immer weiter, weiter vor sich her geschoben hatte:

»Hier. Post für Sie.«

Das Wort Briefe habe er bewußt vermieden, bestanden diese doch nur aus zwei lumpigen Papierfetzen – verknittert, schmutzig, irgendwo hastig abgerissen. Einer schäbiger als der andere.

«Post?« Die Frau habe ungläubig, auf das Papier gestarrt.

»Nun, ich...«

»Post? *Das* soll Post sein?«

Will habe jetzt ihrem Gesicht angesehen, daß er mit den Briefen mehr als die darauf gekritzelten Informationen überbracht hatte. Die Zettel waren ein Abbild von Hunger, Folter und Tod, von Tessem eben. Er habe gewußt, daß sie jetzt seine Verharmlosungen und Lügen durchschaut hatte. Langsam sei er auf sie zu gegangen, und sie habe da gestanden wie eine der Figuren in den Schaufenstern von Bekleidungsgeschäften.

»Es ist alles viel schlimmer, nicht wahr?«

Er habe genickt, das Papier auf den Tisch geschoben – wie etwas Heiliges – die Grappaflasche ergriffen, eingeschenkt, den Schnaps hinuntergekippt, gleich nochmal eingeschenkt, den Schnaps hinterhergekippt und stumm den

Raum verlassen. Die Tür sei hinter ihm zugeschlagen, etwas zu feste, er habe das Glas des Türfensterchens hinter sich rappeln hören, was ihm zusätzliches Unbehagen bereitete. Dann sei er losgerannt.

Weg, nichts wie heim! Heute verließe er wohl alle Ortschaften im Laufen, habe er noch gedacht.

»Johann Peter! Besuch für dich!«

Seine Mutter rief ihn mit seinem richtigen Namen. Ihre Stimme sei laut über die Dorfstraße zu hören gewesen. Mutter und Sohn hätten nach der Sonntagsmesse gemeinsam die Kirche verlassen, und während Frau Wilhelm *ich geb' mich direkt mit Kochen dran* gesagt habe, wär Will schon auf der Treppe gewesen, hinauf zum Wirtshaus. Doch kaum, daß er es betreten und sich gesetzt habe, sei er schon wieder gerufen worden.

»Komm rüber, drei Frauen sind gekommen!«

»So lange keine gehabt und jetzt gleich drei«, habe einer gefrotzelt, der bei ihm am Tisch gesessen habe.

»Jaja, seit der Will den Deutschen bei der Arbeit hilft, rennen ihm die Weiber hinterher!«

Er habe darüber nur gegrinst und in die vertrauten, stoppelbärtigen Sonntagsgesichter der Männer geblickt. Einige, die schon ebenso lange zum Inventar der Kneipe gehörten wie die Theke mit ihren Speckrändern, hätten hämisch gekichert oder mit den Zähnen geknirscht. Keiner habe mehr geredet. Aber ihre Augen hätten gefragt: Nun, Will, wer sind denn die Weiber?

»Johann Peter!« hätten alle wieder von der Straße her gehört. Er hätte aber keine Eile gehabt. Das habe er ihnen demonstriert.

Ein Kerl wie er ließ sich doch nicht wie ein Kind von seiner Mutter rufen, erst recht nicht, wenn er in der Wirtschaft saß! Wie hätte er dagestanden vor den anderen? Nein, Will war keiner, der sich provozieren ließ, von keiner Seite her. Er habe sich vielmehr bequem in seinem Stuhl zurückgelehnt und mit übertriebener Geste am Wein geschlürft.

»Nun sag schon, Will!«

»Ich kenne die Namen meiner Frauen nicht alle, es sind zu viele.«

Er sei aufgestanden, habe gelassen eine Runde um einen Holzpfeiler vor der Theke gedreht und sei dann zum Ausgang geschritten. Nein, nicht einfach *gegangen*, wie man so geht; er sei *geschritten*. Einen kurzen Moment noch habe seine Antwort für allgemeine Verblüffung und für Ruhe im Lokal gesorgt. Aber dann hätten die Männer getobt.

»Uaaah, Angeber! Kannst doch auch immer nur eine ficken!«

Gejohle und Pfiffe! Hände habe er auf seinen Oberarmen und Schultern gespürt, versöhnlich harte Männerhände.

»Mensch Will, alter Junge!«

»Sie warten oben in deinem Zimmer, Johann Peter. Bleiben sie zum Mittagessen?«

Die Frauen meiner drei Italiener Angelini, Da Como und Fioretti waren gekommen, wie er es mit der Fioretti am Tag vorher besprochen hatte. Sie hätten ihm das ganze Bett zugebaut gehabt mit dem Plunder, den Will am nächsten Tag tatsächlich größtenteils an die Mosel mitbrachte.

Dann habe er der Angelini und der Da Como alles vorgelogen, was sie, wie er glaubte, über ihre Männer hören wollten, so wie er am Tag vorher die Fioretti belogen hatte. Sie mögen nach vielleicht zehn Minuten oder einer viertel Stunde gegangen sein, wohl ohne Mißtrauen, was das wahre Schicksal ihrer Ehemänner betraf. Die Fioretti habe inzwischen ja ganz genau gewußt, daß fast alles erstunken und erlogen war, was Will erzählt hatte, habe aber mitgespielt und sich nichts anmerken lassen. Die Angelini und die Da Como seien also gegangen, nur die Fioretti sei noch geblieben. Sie seien jetzt zu zweit auf seiner Bude gewesen, und er habe schon überlegt, was jetzt?, da muß die Fioretti sich vor ihm aufgebaut und ihn ohne lange zu fackeln auf den Kopf zu gefragt haben, ob er ihr nicht das Kleid ausziehen wolle.

»Mal ehrlich, Hannes«, hat Will mich gefragt, »hättest du *Nein* gesagt, an meiner Stelle?«

So hatte es mit Bäbchen und mir auch einmal angefangen. Wir kannten uns kaum einen Nachmittag, als sie mich fragte, ob ich es mit ihr machen wolle. Sie drückte sich in Wirklichkeit ganz anders aus, viel besser, und ich hatte nicht reden können, antwortete ihr mit meinen Fingern, die unter ihrem Rock auf die Suche gingen. Aber wir waren jung damals, Bäbchen und ich, und Will war über vierzig und die Fioretti verheiratet mit meinem italienischen Kazettler.

Ich habe sie nicht gefragt, wo sie jetzt wohnt, wahrscheinlich ganz in meiner Nähe. Um so widerlicher ist es von ihr, daß sie mich aufsucht wie früher, wie vor meinem Zusammenbruch, von dem ich nicht genau weiß, wie lange er schon zurückliegt, weil Kathrin, die Frau, durch ihr häufigeres Erscheinen meine *Kathrin,* die Zeitrechnung, durcheinander gebracht hatte. Jetzt kommt sie wieder Montags und Freitags. Mir geht es dabei keineswegs besser, doch meine Zeitrechnung funktioniert wieder zuverlässig.

Mein Spiegel sagt mir, ich sei achtzig. Das glaube ich auch. Rein rechnerisch bin ich gestern allerdings erst neunundvierzig Jahre alt geworden. Natürlich hat das nichts mit *Kathrin,* der Zeitrechnung, zu tun, sondern bezieht sich auf Jahr und Tag, ganz normal. Geboren bin ich am 9. Januar 1907 in Wasserbillig. Ich habe ja schon mehrfach Wert gelegt auf die Feststellung, daß es mein Kopf noch tut, und heute ist der 10. Januar 1956, macht neunundvierzig Jahre und einen Tag, macht auf den Tag genau 346 Jahre, seit Galilei den Himmel der katholischen Kirche abgeschafft hat. Zugegeben, ich hätte meinen Geburtstag nicht mitbekommen, wenn nicht gestern gleichzeitig ein *Kathrin* abgelaufen und Kathrin erschienen wäre und mir, bevor sie mit ihrer Pflegetortour begann, einen Blumenstrauß vor die Nase gesetzt hätte. Mein Geburtstag wäre von mir ebensowenig wahrgenommen worden wie die Weihnachtstage und der Neujahrstag, die, wie mir erst jetzt aufgefallen ist, kürzlich gewesen sein müssen.

Ich habe die Blumen in viele kleine Stücke zerhackt. Wenn ich Blumen sehe, denke ich an Baudelaire, und wenn ich an Baudelaire denke, an seine *Blumen des Bösen*, durchfließt die Erinnerung an Bäbchen meine Glieder wie glühendes Eisen. Zunächst habe ich sie aus der Vase genommen, Kathrins Blumen, habe meinen ganzen Papierkram an der Schüssel vorbei zum hinteren Tischende geschoben und dann die Blumen vor mir auf dem Tisch ausgebreitet. Es waren dreizehn Margeriten. Das ist nicht nur die Quersumme von neunundvierzig, meinem Alter also, sondern auch die Quersumme der inzwischen verflossenen Jahre seit der Abschaffung des Himmels durch Galileo Galilei.

Obwohl ich für die Strecke zwischen den zwei Punkten, dem Tisch und dem Schrank, aus dessen Schublade ich das Kartoffelmesserchen holte, und zurück, den kürzesten Weg nahm, habe ich den halben Tag dazu gebraucht. Ruckartig knicken meine Beine an den Kniegelenken ein, wenn ich gehe, so daß ich einen Stoß durch den ganzen Körper erfahre, der wiederum meinen Husten auslöst. Durch das Zimmer verläuft eine gesprenkelte Spur von zerplatzten, getrockneten Bläschen aus Blut.

Ich habe die Margeriten erst grob zerteilt, mich dann den einzelnen Stückchen gewidmet und jedes immer kleiner und kleiner zerteilt. Mir ist dabei ein Gedanke nicht aus dem Kopf gegangen, den ich schon als Kind hatte. Ich stelle mir vor, wenn man ein Stück einer Materie zerteilt und die beiden Stücke wieder zerteilt und die vier Stücke auch wieder und so weiter und so fort, daß die Einzelteile irgendwann so winzig sind, daß sie, wenn sie dann noch einmal zerteilt würden, ganz verschwunden wären.

Natürlich bin ich so weit nicht gekommen. Ich bin gespannt, wie Kathrin reagieren wird, wenn sie die zerkleinerten Blumen in der Schüssel auf dem Tisch, mit meinem Blut vermengt, wiederfindet.

Ich habe mich nicht versehentlich in die Hand geschnitten. Ich wollte sehen, wie Blut aus einer Wunde fließt, anders als das schaumige, das ich huste, es sollte richtig fließen, ganz normal. Aber ich habe keine Ader getroffen, sondern nur die labbelige Haut durchschnitten und den darunterliegenden Knochen geritzt. Es kam kein Blut. Vielleicht sollte ich die Hand in eine Schüssel mit warmem Wasser legen.

»Jetzt heißt es Abschied nehmen, Chéri. Damals, am zehnten Mai, als die deutschen Schweine unsere Stadt überrollten, habe ich es nicht fertiggebracht, dir mit einem Brief *adieu* zu sagen. Den ganzen Tag lang saß ich in unserem Zimmerchen und habe auf dich gewartet. Es war mir unbegreiflich, wie du so lange fortbleiben konntest, war *ich* doch immer der Vogel gewesen, der ausgeflogen war und du derjenige, der das Nest hütete. Am späten Nachmittag mußte ich gehen, habe alles Papier, das ich für dich zum Abschied beschrieben hatte, in unserem Herd verbrannt und das Zimmer wieder so hergerichtet, wie ich es am Morgen vorgefunden hatte. Du solltest nicht merken, daß ich dagewesen war. Das hielt ich für das Beste. In der folgenden Nacht verließ ich unser Land über die Grenze nach Frankreich, wie sich herausstellte, für immer. Dort traf ich auf die Genossen. Im Sommer zogen wir uns hinter die Demarkationslinie in den Süden zurück, von wo aus wir zunächst kleinere Sabotageakte im besetzten Norden zu organisieren versuchten und wo wir für den bewaffneten Widerstand in einem Gebiet nördlich der Dordogne in der Provinz Limousin ausgebildet wurden. Die zum Teil sehr bergige Region mit ihren wunderschönen dichten Laubwäldern war wie geschaffen für unsere Partisanenaktionen.

Schlug man sich von der Straße seitwärts ins Gebüsch, konnte man nach wenigen Augenblicken praktisch nicht mehr aufgespürt werden. Außerdem kannten wir uns mit den Jahren dort aus wie in unserer eigenen Hosentasche. Ab Ende 1942, als die Besatzungsmacht weiter vorgerückt war, begannen wir mit unserer eigentlichen Arbeit. Die Eisenbahnlinie Toulouse – Paris führte mitten durch unser Gebiet, und es wurde uns mit der Zeit ein Leichtes, die Züge zum Halten zu bringen. Wir konzentrierten uns auf Gefangenentransporte und später auf Züge mit Juden, die über Paris nach Osten in die Öfen der Vernichtungslager gebracht werden sollten. Ich hatte den Dienstgrad eines Leutnants erreicht, und unterstand direkt unserem Batallionskommandeur Pierre Guérin, den wir damals Jo nannten. Die Aktionen gegen die Züge unterstanden also meinem direkten Kommando. Immer dachte ich, was du wohl sagen würdest, wenn du mich so sähest, Chéri, in Uniform, mit einem Sturmgewehr vor dem Bauch. Immer habe ich versucht, mir dein Gesicht vorzustellen, wenn ich dir plötzlich in diesem Aufzug begegnete. Es hat nie funktioniert. Überhaupt erschien dein Bild in meinem Gedächtnis nur dann, wenn ich dich mir an unserem Küchentisch, mir gegenüber sitzend vorgestellt habe. Ich gebe zu, auch das fiel mir mit den Jahren immer schwerer, obwohl ich es täglich übte.

Die Champs-Elysées habe ich nie gesehen. Mein Operationsgebiet erstreckte sich von Limoges aus hauptsächlich nach Süden, so daß ich zwar oft in Toulouse zu tun hatte, aber nur zweimal bis Orléans gekommen bin. Als ich im Sommer vierundvierzig doch noch nach Paris kam, gelang es mir nicht, zwischen den Bretterritzen des Viehwaggons, in dem ich gefesselt, halb sitzend, halb stehend, zwischen meinen Mitgefangenen eingeklemmt war, einen Lichtstrahl von draußen zu erhaschen. Aber die Bahnhofsgeräusche konnte ich während unseres kurzen Aufenthaltes gut hören.

Der Zug fuhr von da an lange Zeit, ohne Unterbrechung. Als er anhielt, wurde die Waggontür aufgerissen. Scheinwerfer blendeten mich, drumherum war alles schwarz. Ich wurde als einzige aus unserem Waggon hinausgezerrt, und auf die Ladefläche eines bereitstehenden Lastwagens geworfen, auf dem schon andere Gefangene lagen. Zwei Soldaten sprangen herbei. Einer stieß mir das Gewehr in den Rücken, einer verband mir die Augen mit einem nach Öl stinkenden Lappen. Wohin werde ich gebracht? fragte ich. Die Antwort war ein furchtbar schmerzhafter Stoß in den Bauch. Ich glaubte ersticken zu müssen. Als man mir die Augenbinde abnahm, war das erste, worauf mein Blick fiel, die Aufschrift *Konzentrationslager Natzweiler-Struthof,* schwarz auf einem weißen Schild über dem zweifach verrammelten Durchgang zum Lager. Wir mußten uns in Dreierreihen aufstellen. Ich sah, daß wir fünfzehn waren. Ein paar SS-Wächter machten sich mit Knüppeln sofort über uns her und schlugen uns auf die Köpfe. Andere hatten das Tor geöffnet, durch das sie uns jetzt prügelten. Ich sah einen Platz mit Galgen, an dem man uns vorbeiführte. Dahinter standen an den Terrassen, wie an einer großen Treppe, die den Berg hinunterführte, Baracken, was ich für ein gutes Zeichen hielt. Aber wir mußten an den Gebäuden vorbeiziehen. An jedem der Treppenabsätze hoffte ich, den Befehl zum Abschwenken nach links oder rechts in eines der Häuser zu hören. Umsonst, Chéri. Sie schlugen uns nur immer wieder auf die Köpfe. Es waren während unseres Marsches so gut wie keine Gefangenen im Lager zu sehen. Nur einige Muselmänner, von denen wir in Frankreich schon gehört hatten, schlichen gespensterhaft umher, Schatten von Menschen, die nur noch den Tod erwarteten. Aus einer der letzten Baracken, an der wir vorbeizogen, hörte ich ein kurzes ersticktes Schreien, das abrupt endete. Erst wenige Augenblicke, bevor wir das Haus am Ende des Lagers, auf das wir geradewegs zumarschiert waren, betraten, erst als die Tür vor uns aufgestoßen wurde, jemand ›dalli! dalli!‹ rief und mein Vordermann in dem düsteren Eingang verschwand, den ich als nächste zu durchschreiten hatte, nahm ich das Gebäude wahr. Doch schon umgab auch mich das Dämmerlicht des Raumes. Hinter mir rückten die Kameraden nach, ich hörte die Tür ins Schloß fallen, und es wurde noch etwas düsterer. Ein SS-Wächter mit grimmiger Visage trat durch die Tür vor uns.

›Alle Mann ausziehen! die Kleider nach rechts!‹ Dort war eine gemauerte Nische, darin lagen schon Kleider.

›Ringe, Ketten, Prothesen, alles was nicht angewachsen ist, nach links!‹ Dort stand ein Holzkasten, der noch leer war. Wir entkleideten uns, und da ich die einzige Frau war, gafften die gefangenen Kameraden auf meine Brust und auf meine Beine, und während wir unseren Kreuzgang durch das Lager zu fünfzehnt überstanden hatten und jeder von uns noch vierzehn Genossen an seiner Seite wußte, war ich von diesem Moment an von allen verlassen.

Die SS-Visage erschien wieder.

›Einzeln eintreten. Du kommst als erster mit!‹ Er packte einen Kameraden am Arm und zog ihn in den Nebenraum. Kurz darauf hörte ich einen Knall, als wäre eine Tür zugeschlagen worden, doch es war ein anderes Türschlagen als vorhin, als die Tür des Raumes, in dem wir uns befanden, hinter uns ins Schloß fiel.

›Der nächste, los!‹

Wieder verschwand einer nebenan, geführt von der SS-Visage. Wieder knallte es kurz darauf. So ging es noch drei Mal. Dann war ich an der Reihe. Verblüfft besah mich das deutsche Schwein.

›Sieh mal, was ich da bringe‹, sagte er zu einem anderen, der in dem Nebenraum wartete. Im gleichen Moment trat er hinter mich, umschlang mich mit den Armen, quetschte meine Brüste in seinen Händen, und ein Stechen zog bis tief in den Bauch und in das Becken hinein. Dann drückten die Bodenfliesen sich eisig an meine Schenkel, an mein Gesäß, an die Schultern, verschwommen die schwarzen Anzüge über mir, Uniformen, die Worte ›aber daß der Chef das nicht wieder spitzkriegt‹ standen mit einem Mal im Raum, groß und allein und sehr lange.

Als ich wieder auf den Beinen war, floß glibberig der Männer Ejakulat an mir herunter. Es wärmte ein wenig. Einer stieß mich voran, bis mein Gesicht gegen die Wand schlug.

›Die versaut uns noch den ganzen Laden!‹

Diesmal drohten die Worte den Raum zu zerreißen, züngelten weiß und gefährlich über die blanken Kacheln.

Etwas im Genick. Scharfes Knistern rundum, die Kacheln zerbersten. Dann knallte es, wie eine Tür, die zuschlägt.

Plötzlich sah ich das Lager in großer Stille vor mir liegen. Es erinnerte an eine Siedlung mit friedlichen Menschen. Die Muselmänner hatten die Schatten des Schreckens abgestreift und sich zu zufrieden flanierenden Passanten gewandelt. Brave Spaziergänger waren selbst die SS-Leute geworden, und die Wachen dösten müde in der Abendsonne. Ich sah den Lagerkomplex, wie er zum Flecken zusammenschmolz in der Weite der ihn umschließenden Wälder. Oder war ich es, die sich entfernte? Bald blieb nur noch ein Schimmer sommerlicher Farben. Ein Schleier hatte sich über alle scharfen Konturen gelegt und löste alles auf. Mit allem, Chéri, fühlte ich mich verbunden.«

Das waren Bäbchens Worte im Traum der vergangenen Nacht gewesen. Am Ende war Bäbchen verschwunden. Ich rannte durch die Straßen von Luxemburg, suchte überall nach ihr, und immer wieder schrie ich: »Geh' nicht!«

Ich wußte, noch während ich träumte, wie mein Traum enden würde: Aus dem Tal der Petruß würde ich hinaufschauen zur Adolphe-Brücke, mich selbst oben über dem Abgrund stehen sehen und rufen hören: »Bäbchen wird nicht wieder zurückkehren!« Hinter der Brücke ginge die Sonne auf und bildete mich als Silhouette ab. Und so passierte es auch, bis ich mit reißenden Schmerzen in der Brust und schäumendem Maul erwachte.

Ich hatte ihm klipp und klar gesagt, daß er mit mir nicht zu rechnen brauche. Später habe ich manches Mal gedacht, daß er vielleicht den ganzen Krempel gepackt und in die Mosel geschmissen hätte, wenn ich nicht doch noch weich geworden wäre.

»Hier unter dem Bett, das sind die Sachen für deine Italiener. Wir müssen jetzt überlegen, wie wir die Aktion am besten angehen, Hannes.«

Meine Weigerung, ihm zu helfen, ignorierte Will total.

»Am Besten wird es sein, wir ziehen probehalber unser Arbeitszeug an und verstauen darin soviel wir können. Du guckst bei mir, ich gucke bei dir, ob irgend etwas an den Klamotten auffällig aussieht. Also los!«

»Will«, sagte ich böse, »Du hast genau verstanden, daß ich nicht mitmache. Also hör zu!«

Er tat so, als hätte er nichts gehört, als hätte ich nichts gesagt, sondern in die Luft geblasen oder einen fahren lassen.

»Sieh hier, es ist besser, wenn wir den Kuchen zerteilen, den hat die Fioretti gebacken. In acht gleiche Teile, schlage ich vor. Diese können wir leicht in den Hosentaschen verstauen. Heute vier, und die vier anderen nehmen wir morgen mit. Ebenso machen wir es mit dem Brot. Wir zerschneiden es in Scheiben, die flach in meine innere Jackentasche passen. Hier, die Zigaretten nimmst du. Die Rasierklingen kommen in den Hosenaufschlag und die Briefe natürlich.«

Will wühlte in einem der mitgebrachten Kartons und zählte auf: »Socken, Pullover, Unterhose, Wein, Gesichtscreme...« und beschloß: »Hat Zeit, kann alles warten. So, und jetzt anziehen!« Er befahl es, und null Komma nix steckte er in seinem Arbeitszeug. Ich muß wohl wie angewurzelt und mit offenem Mund dagestanden haben. Er stürmte auf mich los, brüllte: »Jetzt mach schon, Mann!« riß mein Arbeitszeug vom Haken und schlug es mir vor die Brust.

»Kerl, verdammter!« Ich sah seine Zähne. So hatte ich Will noch nie erlebt, böse und restlos entschlossen. Ich hätte ihm den Vogel zeigen und die Bude verlassen können, zwingen konnte er mich schließlich nicht. Aber ich war seinem Willen mit meiner Angst dermaßen unterlegen, daß ich, ohne mich weiter zu wehren, meine Montur anzog und die Sachen für meine Italiener darin zu verstauen begann. Als wir fertig waren, musterten wir uns gegenseitig. Erst zog ich an ihm vorbei, und er korrigierte meine Kleidung ein wenig. Dann war Will an der Reihe, und ich kontrollierte, ob bei ihm alles richtig saß. Nichts saß! Er hatte, anders als zuvor besprochen, natürlich das ganze Brot aufgeschnitten und in seinen Taschen verstaut. Eine seiner Jackentaschen hatte er dermaßen vollgestopft, daß sie wie eine Beule an ihm hing und sich oben aufstülpte, daß der Inhalt mühelos aus zwei, drei Meter Entfernung zu erkennen war.

»Idiot, verdammter!«

Ich war mutlos wie nie zuvor. Warum gab es kein Zurück für mich? Bis jetzt hatte ich außer meiner Mitwisserschaft noch keine Schuld auf mich geladen. Ich hätte ihm den ganzen Rummel vor die Füße schmeißen, mich umdrehen und gehen können. Stattdessen schlug ich vor, die Brotscheiben in das Innere unserer Hosenbeine einzunähen, was wir auch taten, nachdem er aufgehört hatte, mich für diesen Vorschlag zu umarmen und zu küssen. Schon wenige Nadelstiche, direkt hinter der Rinde, brachten das Brot zum Halten. Kein Problem. Aber das Gefühl beim Tragen der Hosen war doch etwas Besonderes.

Die ersten beiden Scheiben bekam Fritz, der Kapo. Dieser erlaubte dann zunächst mir, danach dem Will, mit einigen Italienern in einer noch leerstehenden Montagekammer zu verschwinden. Fritz war wirklich ein ausgesprochener Glücksfall für uns alle. Während andere Kapos, die ich kennengelernt hatte, Schläger und Lustmörder waren, wäre ohne Fritzens Mithilfe das Brot in unseren Hosen im Laufe der Nachtschicht zu wertlosem Gekrümel zerrieben worden.

Am nächsten Abend machten wir es genauso. Am darauffolgenden Mittwochabend wollten wir dann den Wein und Kleidungsstücke mitnehmen. Doch dazu ist es nicht mehr gekommen.

Noch lag draußen die Nacht schwer auf dem Pflaster. Eisenstäbe ordneten das Loch über mir in sechzehn gleichgroße Quadrate. Es hing direkt über mir in der Kellerdecke, und ich mußte mich nicht sonderlich strecken, wenn ich hinaussehen wollte. Meine Angst segelte mit meinen Blicken dem Morgendämmer entgegen, der lange auf sich warten ließ, dann rosa und blau durch die Gassen blinzelte.

Wenn der Kopf zu platzen droht, weil er nicht groß genug ist, alle Gedanken zu ordnen und zu bearbeiten, hilft sich der Organismus selbst und fegt die Birne einfach leer. Eine verlassene Montagehalle. Man geht darin umher, und der Hall der Schritte wird von den Wänden zurückgeworfen, man tritt hier und da gegen fremde Gebilde, rostig und rätselhaft, die scheppern und wieder schweigen.

Ich atmete, als hätte man mir ein Brett quer durch die Brust getrieben. Als der Kerl seinen Prügel mehrmals von hinten auf die linke und die rechte Lungenhälfte hatte sausen lassen, war an Luftholen nicht zu denken. Ich schnappte und schnappte und nichts drang ein. Ich wollte schreien, doch meine Brust trotzte mir wie ein Grabstein. Wenige Zentimeter vor mir erschien das Gesicht von Will, aufgerissen zum stummen Schrei. Ich hatte gedacht, sie würden uns die Ärsche verhauen, wie sie es mit den Kazettlern taten, wenn sie diese auf die Prügelböcke schnallten. Dem hatte ich einigermaßen gelassen entgegengesehen, immerhin erschienen die Kazettler tags darauf meistens wieder auf der Baustelle. Daß sie uns aber die Luft aus den Lungen prügeln würden, damit hatten wir nicht gerechnet, das war ein neuer Einfall, arischem Gemüt entsprungen.

Ich hörte: »Losschnallen, und dann rüber mit ihnen zu den Ithakern!« Ein Soldat löste die Riemen an meinen Fußgelenken und zog mir die Hände aus den Ledermanschetten. Ich unternahm den Versuch, mich aufzurichten, dachte, du mußt stehen, dann kriegst du wieder Luft. Der Soldat flüsterte etwas in mein Ohr, was ich nicht verstand, was ich aber als warm und zärtlich empfand. Dann muß ich wohl bei dem Versuch mich aufzurichten vom Holzbock gefallen und liegengeblieben sein. Ich erinnere mich nicht. Untergehakt von zwei Soldaten links und rechts schleifte man uns durch das Lager. Auf dem Appellplatz hatten sie schon die nächste Prozedur vorbereitet. Eine kleine Zahl halbtoter Knochenmänner war angetreten, um dem Schauspiel beizuwohnen, das uns bevorstand. Bemüht, wieder atmen zu können, nahm ich alles wie durch Gardinen wahr. Mal lüfteten sich diese, mal verdeckten sie die Bilder ganz oder ließen Ahnungen dessen durchschimmern, was da geschah. Ich hoffte zu ersticken. Dann wäre der Spuk in wenigen Minuten vorbei. Es erschien mir wie eine Errettung aus höchster Not, jetzt sterben zu können.

Doch der Tod kam nicht. Ein SS-Mann kam. Ich erkannte ihn an der Stimme. Vor seiner Gestalt schwebte ein Leintuch in viele Falten geworfen. Er zog seine Rute quer über meine Oberschenkel, daß meine beiden uniformierten Stützen einen Satz nach hinten taten, um nicht auch noch getroffen zu werden, mich dabei in die Knie sacken ließen und sofort wieder hochzogen. Einer sagte: »Zu Befehl!« Mit dem Schmerz löste sich das Leintuch und ließ die grinsende Visage meines Peinigers erscheinen. Zwei Knochenmänner schleiften eine Kiste herbei. Leere Weinflaschen rappelten darin. Die beiden nahmen die Flaschen, eine nach der anderen und zerdepperten sie auf dem Boden. Ein Schleier erhob sich jetzt von unten her und trübte die Szene milchig ein. Tod, so komm doch! Bis hoch an den Hals war meine Lunge wie eine Schalung mit Beton zugelaufen. Da paßte kein Lufthauch mehr zwischen.

Ich erkannte den Riesen Putti. Hinter meinen drei Italienern ragte er empor wie ein Berg. Er war also nicht endgültig abkommandiert worden, wie wir gehofft hatten! Der Berg wartete auf ein Zeichen. Da war es! Er riß meinen drei Italienern die Kleider herunter, stieß sie mit Fußtritten in den Scherbenhaufen. Sie schrien und flehten! Putti wußte ihre Qualen noch zu steigern. Er bewarf seine Opfer mit Kieselsteinen, die er sich am Moselufer gesucht hatte, die, wenn sie trafen, wie Geschosse Löcher in die flatternden Leiber rissen. Wollten sie sich vor Puttis Steinwürfen schützen, konnten sie weniger auf die Scherben achten, darauf, wo ihre Füße hintraten. Achteten sie zu sehr auf das Glas, traf Putti garantiert. Die Körper stürzten in den Haufen aus Splittern und Spießen und Kanten. Hatte es einer geschafft, sich aufzurappeln und dem Scherbenring zu entkommen, schubste Putti ihn zurück. Glassplitter klebten an den blutigen Körpern, die bei jeder Bewegung neue Wunden rissen.

Auf ein Zeichen hin trat Putti, unverwundbar, selbst in den Scherbenhaufen, zerrte die drei Kreaturen aus dem Gemenge von Blut und Scherben und führte sie vor den obersten SS, den berüchtigten Kommandanten.

Wieder sauste ein Schmerz über meine Oberschenkel. Die Gardinen zerrissen endgültig und schwebten beiseite wie Bühnenvorhänge, der Beton in mir war hart geworden und bekam erste Risse, der Tod fuhr mit meiner Hoffnung durch das Lagertor dahin. Das Stück konnte beginnen.

»Sind das die Männer?« fragte der Kommandant die Italiener.

Jemand übersetzte ins Italienische.

Ich erkannte Da Como. Über die Gesichter von Fioretti und Angelini liefen Blutfäden wie Spinngewebe. Die drei starrten abwechselnd mir ins Gesicht, dann neben mich, wo Will von zwei Männern gehalten wurde, die ganze Zeit schon, genau wie ich. An dem Tag sah ich ihn zum letzten Mal.

Nach dem Krieg habe ich mich bei dem Pfarrer von Tetingen erkundigt, nachdem ich auch Wills Mutter nicht hatte ausfindig machen können. Dieser schrieb, als augenblicklicher Verwalter der Pfarrei Tetingen sei ihm mein Brief zugeleitet worden. Er habe daraufhin in den Registern der Pfarrei nachgesehen und unter Nr. 16 des Jahres 1945 folgende Eintragung des damaligen Pfarrers gefunden: »J. P. Wilhelm, 41 Jahre, hatte einem hungrigen Italiener ein Stück Brot gegeben, kam dafür ins Konzentrationslager, wo er nach vielen Entbehrungen starb.« Wer mir Näheres über

J. P. Wilhelm mitteilen könne, vermöge er leider nicht zu sagen.

Um uns herum drängten sich Uniformierte: SS-Männer, Wachsoldaten, sogar Polizisten und Zivilisten. Man hätte glauben können, zu diesem Schauspiel sei eingeladen worden.

»Zum letzten Mal: Sind das die Männer?« Wieder wurde ins Italienische übersetzt.

Die beiden mit den Spinnengeweben aus Blut nickten kurz. Augen, die schwarz aus den Gesichtern traten, wie Kugeln. Nur Da Como stand unbeirrt vor uns, und erst als der Kommandant ihm seine Rute durchs Gesicht zog und »Na, wird's bald?« brüllte, umspannte er mit beiden Händen seinen Kopf und schluchzte »Si Signor«.

»Red deutsch oder scheiß Buchstaben!« hörte ich einen der Polizisten sagen.

»Ist gut, reicht!« sagte der Kommandant knapp.

Als Kathrin schon gehen wollte, überredete ich sie noch, mir ein Fußbad vorzubereiten.

»Aber du hast doch vorhin erst...«

»Ich möchte ein Fußbad!« verlangte ich in einem Ton, den ich von den Deutschen her kenne und dem selten jemand etwas entgegensetzt. »Das bist du mir schuldig.«

Kopfschüttelnd lief sie durch mein Zimmer. »Wieso schuldig?« Sie setzte den Wasserkessel auf und wartete genervt, bis er flötete.

»Nicht so viel kaltes Wasser beigeben. Schön heiß, hörst du?«

»Ist nicht mein erstes Fußbad, und außerdem könntest du dir angewöhnen, in einem anderen Ton mit mir zu reden.« Hatte ich richtig gehört? Sie hatte tatsächlich einen ganzen Satz mit mir gesprochen, dazu noch einen langen. Zum Schluß wird sie noch gesprächig, dachte ich. Sie stellte die Wanne vor mich auf den Boden, warf mir ein Handtuch in den Schoß: »Kommst du so zurecht?«

»Geh nur«, sagte ich, »geh nur.«

Daß ich ihr Gesicht nicht mehr sehen kann, wenn sie nach Ablauf dieser *Kathrin* hereinkommt, wenn sie mich hier sitzend finden wird, schon leichenstarr, ist das einzige, was mich ein wenig betrübt, ein wenig. Schon beim Öffnen meiner Zimmertür wird ihr der Gestank meines Kadavers in die Nase steigen und sie erschrecken lassen. Vielleicht hat der Tod einen Platz für mich, von dem aus ich in dieses Zimmer hereinblicken kann wie aus einem guten Versteck.

Schon fließt mein Saft in die Wasserschüssel. Ich habe sie auf den Tisch gehoben, so ist es bequem. Seit ich gestürzt bin, benutze ich einen Lehnstuhl. Ich habe ihn gut ausgepolstert mit Kissen und Decken. Ich werde nicht stürzen, wenn mich die Kraft verläßt. Mit einer Glasscherbe, das habe ich zum Schluß noch gelernt, läßt sich alte Haut und mageres Gewebe besser zertrennen als mit einem Messer. Die Blumenvase hat auf dem Tisch gestanden. Ich brauchte sie nur anzutippen, sie fiel um, zerbrach, und schon war ich im Besitz mehrerer herrlicher Schneideinstrumente, konnte mir sogar das beste heraussuchen.

Erstes Morgenlicht durchdrang die Schwere der Tessemer Nacht. Die Straßendecke war gepflastert, und durch das karierte Loch unter dem Kellergewölbe segelten meine Blicke über die Basaltsteine. Die Nacht hatte das Pflaster feucht gemacht, und der Basalt funkelte jetzt. Über vier, fünf Pflasterköpfe hatte sich Öl gelegt. Das gab dem Bild etwas Hoffnung.

III

Mein Lieber, eben komme ich aus der Badewanne. Ich habe mir den Bademantel übergeworfen und es mir im Sessel bequem gemacht. Der schönste Augenblick der Woche! Singend stieg ich in die Wanne, singend stieg ich wieder heraus. Nachher werde ich mich sauber und wohlig ins Bett legen und mit dem Wissen, daß morgen Sonntag ist, doppelt so gut schlafen wie sonst. Ein Hochgefühl legt sich... Fliegeralarm! Ich schreibe später weiter, mein Lieber, wenn ich wieder hier oben in der Wohnung bin.

Vorgestern erlebten wir den 17. großen Bombenangriff in diesem Jahr, und heute erst habe ich mich soweit erholt, daß ich diesen Brief fortsetzen kann. Die Wehrmachtsberichte drücken mir ziemlich auf's Gemüt. Ich mache mir unbewußt Sorgen um Dich, obwohl ich weiß, daß Du in dem Lager, wo Du im Einsatz bist, einen guten Posten bekommen hast. Eigentlich sollte man sich ja von all den quälenden Gedanken frei halten, solange es nicht wirklich Anlaß gibt, sich Sorgen zu machen. Die Gedanken belasten doch nur und helfen nichts. Wir hier in der Heimat dürfen nicht wie die Trauerweiden herumlaufen, sondern müssen frisch und elastisch bleiben. Das ist keine Gleichgültigkeit von mir, und Du weißt, daß ich Dich nicht weniger lieb habe als andere Frauen ihre Männer, nur weil ich nicht mit dick verweinten Augen durch die Straßen laufe. Mir war schon ganz elend zumute vor lauter Sehnsucht nach Dir, und ich habe Dir schon manche Träne nachgeweint, das kannst Du mir glauben. Aber ich reiße mich immer wieder zusammen. Alles andere hat doch keinen Zweck! Wilhelmine schrieb auch ganz verzweifelt, nachdem Karl-Heinz wieder abgefahren war. Trennung ist immer schrecklich. Wenn es nur bald ein Ende hat mit dem Krieg, aber ein siegreiches Ende. An Kapitulation denkt keiner.

Es grüßt und umarmt Dich herzlichst
Deine Mucki-Pucki

Wenn ich die Zündung eingeschaltet habe, wirft die Armaturen-Beleuchtung gerade so viel Licht ab, daß ich den Brief lesen kann. Ich muß ihn Zeile für Zeile an dem schmalen Lichtschimmer vorbeiführen. Bin ich bei Mucki-Pucki angelangt, beginne ich von vorne und freue mich auf die ersten Zeilen mit der Badewanne. Wenn nur unser Haus nicht getroffen wird und Mucki mir heil erhalten bleibt. Um mich braucht sie sich nicht zu sorgen. Das habe ich ihr heute nochmal geschrieben. Nirgends bin ich in Sicherheit so wie hier. Wenn es nur so bleibt bis zum Endsieg, dann ist ja alles gut.

Am Sonntagabend hatte ich frei. Endlich mal wieder. Ich solle mal ordentlich einen Bechern gehen, hat Busse gesagt, »das reinigt die Seele«. Er machte eine Andeutung, daß wir diese Woche allerhand zu tun bekämen. Ich traute mich zu fragen: »Was denn, Herr Obersturmführer?«, war er doch in guter Stimmung. Er hat sich auf dem Absatz rumgedreht und ist gegangen, blieb aber nach wenigen Schritten stehen, ganz unvermittelt, wandte sich mir zu und grinste spitz. Stand da und grinste nur. Was jetzt? Hatte ich mich zuviel zu fragen getraut, meine Kompetenz überschritten?

Halt doch die Schnauze, habe ich innerlich zu mir gesagt, schon aus Sicherheitsgründen. Tu deinen Dienst, halt die Schnauze und denke an Mucki. Millionen anderen geht es schlechter als dir. Ich habe mir vorgenommen, jeden Abend vor dem Einschlafen zehn Mal zu sagen: Dienst tun, Schnauze halten, an Mucki denken. Leise natürlich, zehn Mal, damit es sich einbleut.

»Entschuldigung, Herr Ober...«, habe ich, glaube ich, gesagt. Mehr hatte ich nicht herausbringen können. Sein Gesicht erinnerte mich an eine jener starren Holzmasken, wie ich sie in Süddeutschland zu sehen bekommen hatte vor dem Krieg, an Fastnacht. Ich erschrak. Nicht vor Busses Gesicht. Ich erschrak vor dem Gedanken, daß er ahnen könnte, an welche Fratzen er mich erinnerte. Er klemmte seinen Stock zwischen die Beine, hob langsam die rechte Hand, streifte den Handschuh ab, mit Genuß zupfte er jeden Finger einzeln frei und führte schnell, mit einem Ruck, die nackte Hand an die Gurgel: »Ssssst.« Die Maske, die ich sah, war plötzlich eine andere, eine deren Augen tief lagen, mit weit aufgerissenen Pupillen, die zum Himmel stierten, mit viel Weiß drumherum, eine Maske mit schiefem Mund, aus dem die Zunge weit zur Seite heraushing. Es kommt mir vor, als hätte er Stunden mit dieser Grimasse vor mir gestanden, bis er in herzhaftes Lachen ausbrach und amüsiert, mich so erschrocken zu sehen, seinen Weg fortsetzte.

Wer im Dorf ein Schwein schlachtet, lädt unsere SS und den Hauptmann Brückner zum Leberessen am Abend ein. Das ist die beste Versicherung, die man hier heutzutage abschließen kann. Wer so schlau ist, den Tessemer Gendarmeriechef und den Ortsgruppenleiter hinzuzuladen, dem kann nichts mehr passieren, zumal, wenn er bei der Verabschiedung spät in der Nacht jedem ein paar Flaschen eines guten Jahrganges mit einem Strang frischer Hausmacher Würste in die Hand drückt. Wir Mannschaftsdienstgrade kommen nie in den Genuß solcher Speisen. Nicht daß wir hungern müßten! Das Essen ist reichlich, aber nur der Kochkunst der moselländischen Frauen in unserer Küche ist es zu verdanken, daß man uns trotz der einfachen Zutaten wohlschmeckende Gerichte vorsetzt. Doch es fehlt an Fleisch! Gibt es zum Beispiel Gulasch, so ist gegen den Geschmack wirklich nichts einzuwenden. Man fragt sich vielmehr, wie die Frauen eine solche Soße zustande bekommen, wo doch kaum eine Fleischfaser auf dem üppig mit Kartoffeln und Kohl beladenen Teller zu finden ist. Heute Mittag hätte man mir einen Rinderbraten vom Spieß oder gebackenes Kalbfleisch mit Kräutern servieren können, ich hätte nichts davon angerührt. Wein gibt es für alle. Nach dem Dienst. Wein schmeckt immer. Wein löscht den Durst und die Bilder des Tages. Wein schafft Lachen im Kopf. Er führt zueinander. Wein führt zu den Kameraden hin, wenn wir nach den ersten geleerten Flachen alte Lieder singen. Trinken wir weiter, führt er uns geradewegs auf die eigene Seele zu. In Gesang und Wein mischen sich unsere Tränen hinein, und je mehr wir trinken, desto hemmungsloser dürfen sie fließen. Nie habe ich so viele Männer gleichzeitig weinen sehen und singen hören wie am Sonntagabend im *Guten Onkel*, hemmungslos, ungeachtet der übrigen Gäste, die uns still und staunend zusahen oder leise mitsummten.

Am Brunnen vor dem Tore,
da steht ein Lindenbaum.
Ich träumt in seinem Schatten
gar manchen süßen Traum.
Ich schnitt in seine Rinde
so manches süße Wort...

Die ersten Textzeilen kannten alle. Wenn wir am Schluß der Strophe angekommen waren, begann einer von vorn, und wir anderen stimmten mit ein. Erst saßen, später standen wir um den Tisch herum, auf dem die Flaschen rappelten und umfielen, standen da mit überlaufenden, verrotzten Gesichtern, grölend, den Pokal vor uns wie zum Gruß erhoben.

»Heil Hitler, ihr Männer, ich seh, ihr amüsiert euch gut. Dat macht dä goore Moselayer Wein. Awwa wofür seid ihr dann am heule, ihr Soldate? Die Hitlerjurend schlächt die Invasion in der Normandie zurück, un ihr Kerle steht hei un seid am watze. Et geft Neuigkeite!« Wäre der Ortsgruppenleiter Mellenkamp nicht ins Gasthaus gekommen, Rotz und Wasser und Wein wären weitergeflossen bis zum Hellwerden. Jetzt aber wurden Taschentücher gezogen, wir schneuzten und räusperten uns, husteten verlegen und zogen die Ärmel der Uniformjacke durchs Gesicht.

»Was gibt es denn?« fragte jemand. Mellenkamp war unbeliebt, unsere Stimmung sofort in den Keller gesunken unter die hintersten Weinfässer. Mellenkamp war Zyniker. Wo er auftauchte, gab es schlechte Witze zu hören, über die man nur lachte, weil man sich nicht verdächtig machen wollte.

»Zwei Deutsche sehen auf der Straß en Jud. Sät der eine

Deutsche zum annere: Für den hab ich wat übrich. Sät dä annare: Du? Für en Jud hast du wat übrich? Ja, sät dä eine Deutsche widder, hebt dat Bein, läßt laut eine fahre und sät: Gas! Hohohohoho!«

Mellenkamp blickte in die Runde. »Aber Spaß beiseit! Übermorjen werden die Feinde vom Deutsche Reich gehängt, hier bei uns in Moselay«, verkündete er stolz, als hätte die Gemeinde eine Auszeichnung erhalten, »Plünderer bei Nacht un Nebel. Alles Schwerverbrecher, Gesindel, dat während der Verdunkelung Einbrüch un Diebstähl bei Deutsche Bauere gemacht hat, kackfreche Ausländer, Pole, Russe, Franzose, Ithaker, die fressen och kleine Kenner. Glaubt ma, ihr Männer, dat dreckige Gesocks hat nix besseres verdient. En deutsche Strang is für denne ihre Hals noch en Ehr.«

»Prost«, sagte jemand und setzte einen langen, klaren Rülpser hinterher. Sonst war es still.

»Ich hoffe, mir sehn uns am Dienstagmorje owe am Lager. Macht dat ihr pünktlich seid. Zehn Uhr. Ihr Soldate, ihr seid ja sowieso dabei.« Er trat zu uns an den Tisch heran, legte meinem Tischnachbarn die Hand auf die Schulter: »Zwei Jude treffen sich im Judehimmel. Sagt der eine, rauchst du eijentlich noch?«

Ich weiß nicht, warum Busse ausgerechnet mich für diese Arbeit ausgewählt hat, aber ich vermute, daß er mich testen will. Meine Zuverlässigkeit, meine Loyalität. Ich habe komplett die Schnauze gehalten – *Dienst tun, Schnauze halten, an Mucki denken* – seine Befehle ausgeführt, obwohl diese ja nichts mehr mit meinem Dienst als Fahrer zu tun haben. Wäre ich noch Wachsoldat, dann schon..., aber so? Als Busse heute morgen sein Quartier verließ, hatte ich schon eine viertel Stunde unten auf der Straße gewartet. Nicht, daß Busse sich verspätet hätte, das würde ihm nie passieren. Ich war zu früh, heute wie die ganze Woche schon. Ich wache lange vor dem Wecken schreckhaft auf, säße senkrecht im Bett, wenn nicht mein Kopf an das Gestell über mir dotzen und ich – *pautz!* – wieder nach hinten zurückfallen würde, woraufhin dem Kameraden im Bett über mir regelmäßig ein Schrei entfährt, durch den er die ganze Baracke weckt. Unsere Etagenbettgestelle haben einen Rahmen aus Eisen. Winkeleisen. Gegen ein solches rassele ich jeden Morgen. Heute schon zum vierten Mal. Ich muß sofort aufstehen, zum Waschraum laufen, meinen Kopf unter kaltes Wasser halten, damit der Schmerz sich nicht ausdehnt und mir kein Horn wächst. Anschließend bin ich naß, so gut wie gewaschen, und verspüre keinen Drang, mich wieder ins Bett zu legen. Ich weiß nicht genau, ob ich Alpträume habe und ob ich durch diese schlagartig erwache, spüre aber, daß es zwischen Busses Fratze, Mellenkamps Auftritt in der Wirtschaft und meinen morgendlichen Ängsten Verbindungen gibt.

Ich bringe Busse zuerst in das Moselayer Lager. Damit beginnt unsere tägliche Rundfahrt. Manchmal sagt er auch: »Fahren Sie zum Lager, ich gehe das Stück zu Fuß. Es ist ja nicht weit.« Busse wohnt in der Dorfstraße und geht bis zum Tor fünf Minuten, wenn er sich Zeit läßt. Ich komme ungefähr gleichzeitig mit ihm an, die engen Dorfgassen sind nicht für Autos angelegt worden.

»Das Elend will ich so früh am Morgen noch nicht sehen.« Busse und ich treffen erst im Lager ein, wenn die Häftlinge schon in Richtung Tunnel abmarschiert sind. Der Unteroffizier vom Dienst, ein Kapo und die Stubenältesten haben auf dem Appellplatz anzutreten. Busse will Meldung hören. Gesamtstärke vom Vortag, Zugänge durch Wiederergreifen, Zugänge durch Einlieferung, Abgänge durch Tod, Abgänge durch Flucht, Überstellungen und Rücküberstellungen, Gesamtstärke heute. Der Wachkapo prahlt mit den Tagestoten auf seinem Konto, und die Stubenältesten melden kleinlaut mit *Mütze am Oberschenkel* die ordnungsgemäße Führung ihrer Baracken.

An manchen Tagen sind auch Häftlinge auf dem Platz angetreten. Krumm und wackelig halten sie sich auf den

Beinen, so gut sie können. Manche sacken zu Boden. Dann werden sie von anderen, die noch etwas kräftiger sind, aufgehoben und hochgehalten. Sie alle sind schwach, krank, hoffen auf Schonung. Sie wissen nicht, was sie erwartet. Wenn die Formalitäten erledigt sind, tritt Busse hinter sie und läßt, ganz nach morgendlicher Laune, mal mehr, mal weniger seine Rute auf die Hinterteile der Männer sausen, die bis dahin gehofft hatten, in ein Krankenrevier eingewiesen zu werden. Was sie nicht wissen: hier an der Mosel gibt es kein Revier für sie. Der einzige Lagerarzt arbeitet in der Kolonne im Tunnel. Als Arzt bekommt er Extrarationen. Das ist Gesetz. Er ist kräftiger als alle anderen. Deshalb läßt man ihn arbeiten.

Wenn Busse da draußen auf dem Appellplatz genug hat, gibt er dem Kapo ein Zeichen: weitermachen! Wer von den Häftlingen dann noch steht, den haut der Kapo mit dem Holzkolben um. Dazu genügt ein einziger Schlag. Dann kommt der Hundeführer, rappelt sie wieder hoch und bringt sie in den Tunnel zur Arbeit. Kaum einer, dem es so ergeht, kommt abends lebend zurück. Wir vom Wachdienst wußten, was die erwartete, die sich krank melden wollten. Deshalb versuchten wir, sie zu überreden, lieber in den Tunnel zu gehen und zu arbeiten. Viele wollten nicht hören und versuchten es trotzdem.

Nach dem Moselayer Morgenappell bringe ich Busse in das Lager nach Tessem, wo die gleiche Zeremonie noch einmal stattfindet. Am Moselayer Ortsende, auf halbem Weg zum Tunnelportal, fahren wir den Berg hinauf – eine ziemlich steile Strecke, die Kiste muß ganz schön kraxeln –, dann folgt eine lange Gerade, da halte ich den Fuß voll durchgedrückt, doch aufgepaßt! am Ende kommt eine Linkskurve, die man gerne unterschätzt. Vor uns liegen die Serpentinen, die den Berg hinunterführen. Sie erfordern die volle Konzentration des Fahrers. Ein zu langer Blick aus einer der Kurven in das waldreiche, grüne Bachtal hinunter könnte verheerende Folgen haben. Am Ende der Abfahrt rollt der

Wagen fast geradewegs auf das Lagertor zu. Insgesamt sieben Kilometer, die Tour.

Der Tessemer Lagerkomplex ist stellenweise unterkellert. Überall gibt es Schächte und Vertiefungen, Reste von stillgelegten Bahnanlagen. Eisenleitern sind in die Betonfundamente eingegossen, über die man in die »Unterwelt« des Tessemer Lagers hinabsteigen kann. An einem Morgen führte Busse zwei Revierhäftlinge dort hinein. Nach zwei, drei Minuten tauchte er alleine wieder auf.

Von hier bis zum Tunnelportal ist die Gegend zum Sperrgebiet erklärt und abgeriegelt worden. Links des Weges geht es steil den Berg hinauf, rechts fließt die Mosel. Bis zum Tunnel sind es fünf Kilometer. Dort trifft Busse sich mit zwei Zivilen und zwei SS-Offizieren, die jeden Morgen aus Cochem zur Besprechung hierherkommen. Einer, der ranghöchste SS-Offizier weit und breit, ist der einäugige Hauptsturmführer, SS-Augenklappe, der einzige, der es sich erlaubt, selbst Busse schon mal über den Mund zu fahren.

»Wenn 12 Stunden Arbeitszeit nicht genügen, dann laßt die Deportierten 14 Stunden arbeiten am Tage. Der Bau muß so schnell wie möglich fertig werden. Jedes menschliche Wesen muß das Maximum hergeben. Wer nicht durchhält, krepiert. Man muß die Deportierten bis zum Äußersten arbeiten lassen, und wenn sie dabei draufgehen. Wer tot ist, wird durch einen anderen Deportierten ersetzt.« Das habe ich ihn bei einer Morgenbesprechung zu Busse sagen hören.

Busse leistet sich als einziger einen Chauffeur. Mein Glück! Die anderen hohen Tiere fahren alle selbst. Ich bin der einzige in unserem Betrieb mit diesem Posten. Der Baustellenleiter, einer der beiden Zivilen, spricht den Dialekt der Moselaner. Der andere ist Oberarchitekt und kommt aus Berlin wie ich. Als er meinen Berliner Tonfall bemerkte, verzog er den Mund – das sollte wohl ein Lächeln sein: »Und woher?« Ich antwortete ebenso knapp: »Kreuzberg«. Obwohl er aus Berlin kommt, ist er mir nicht besonders sympathisch. Er steigt meistens mit dem Moselaner Baustellenleiter, einem Klotz mit viereckigem Kopf, eigentlich ein herzlicher, lustiger Kerl, auf die Rückbank meiner Karre. Dann sitzt Busse vorne, neben mir, ganz entgegen seiner Gewohnheit. Fahren Offiziere mit uns, sitzt er immer hinten. Ich glaube, er verträgt es nicht, einen Zivilisten *vor* sich zu sehen, findet das unter seiner Würde.

Es beginnt die tägliche Inspektion, die Tour durch den Tunnel. Ich fahre langsam. Alle paarhundert Meter muß ich anhalten. Die Herren steigen aus, begutachten und besprechen den Fortgang der Arbeiten. Der Moselaner Klotzkopf tut sich wichtig. Ohne jeden Grund ergreift er irgendeinen Gegenstand und haut diesen auf den erstbesten Häftling, der in seine Nähe gerät. Er tut dies wie eine technische Notwendigkeit. In Wirklichkeit will er vor den Offizieren glänzen und beweisen, wie gut er alles im Griff hat, eine Art, die zu dem sonst so lustigen, eckigen Menschen überhaupt nicht paßt. Die Offiziere lachen sich kaputt.

Es ist auch im Sommer saukalt in diesem Erdloch, und ich bekomme hinter meinem Lenkrad so gut wie keine Bewegung. In Moselay, wo wir den Tunnel verlassen, habe ich das Gefühl, in ein warmes Bad einzutauchen, selbst bei schlechtem Wetter, und solches herrscht in diesem Sommer vor. Wenn aber mal die Sonne scheint, ist einem beim Verlassen des Tunnels so, als würde man abheben und schnurstracks in das Sonnenlicht hineinfahren. Einige Sekunden lang ist man wie blind, von Licht und Wärme umfangen. Dieser Moment entschädigt für die eisige Luft, die Düsternis hinter uns. Am Weg stehen Weinstöcke Spalier bis nach Moselay. Dort, im SS-Treffpunkt, widmet Busse sich seiner Büroarbeit.

Heute morgen verlief alles ganz anders.

Das werden die schönsten Tage an der Mosel, wenn morgens ganz früh schon der Nebel herabsteigt und sich über die Täler legt, durch die Gassen und Höfe der Dörfer treibt und bis in die letzten Winkel sich drückt. Die Fenster bleiben geschlossen. Wer es nicht besser weiß, muß glauben, es folge ein trauriger, verregneter Tag. Der Fluß endet in grauen Nebelschwaden, und schaut man den Weinberg hinauf, sind die vorderen Rebstöcke noch zu erkennen, die dahinter aber nur noch Schatten, an tanzende Narren erinnernd.

Der Atem geht schwer. Die Karre kommt nur schlecht ans Laufen. Bringe ich Busse an einem solchen Morgen über den Berg nach Tessem, erleben wir ein kleines Wunder. Oben, am Ende der steilen Bergstraße lassen wir den Nebelsumpf plötzlich hinter uns und sehen die Bäume am Rande der Straße im klaren Licht. Dahinter Felder und Wiesen. Dann erst kommt das Schönste: die vielen anmutigen Talwindungen, die das Land durchziehen, gefüllt mit Nebel, einem zarten, dichten Brei, der sich durch die Tiefe wälzt und hier und da sogar ein wenig über die Bergkuppen schwappt. Die Welt hat sich verkehrt. Wir hier oben sehen unter uns ein Wolkenmeer ziehen. Der blaue Himmel aber nimmt uns von oben in die Zange. Selbst Busse entfuhr es manchmal: »Ist das nicht herrlich?«

Heute aber: »Sofort nach Tessem!«

Das klang schroff.

Was hatte mich Dunst und Nebel zu interessieren? Busse rief, und ich habe den besten Posten in unserer Firma. Wetter gibt es alle Tage. Also auf und ab nach Tessem! An der Wachbaracke vor dem Lager schien jemand auf uns zu warten. Durch den Dunst hindurch erkannte ich, als wir näher kamen, den Moselaner Klotzkopf.

»Da vorn bei dem Mann anhalten!« Busse sprang aus der Karre, Klotzkopf kam näher, und ich konnte sein Gesicht erkennen. Er grüßte Busse mit einer Handbewegung. Busse packte ihn eilig am Arm und zog ihn ein paar Schritte zur Seite. Obwohl sie nur etwa zehn Meter von mir entfernt standen, erkannte ich nur die Umrisse ihrer Gestalten wie auf eine große weiße Leinwand projiziert, hörte aber jedes Wort, das gesprochen wurde.

»Ich brauche dreizehn Gerüststricke, mindestens einsfünfzig lang. Und Beeilung, wenn ich bitten darf. Spätestens in einer Stunde will ich Sie hier wiedersehen.« Gerüststricke gebe es nur in Cochem, sagte Klotzkopf, da müsse er erst hin, und er wisse nicht, ob die Baustoffhandlung geöffnet habe. Das sei ihm scheißegal, antwortete Busse. Scheißegal. »Ich will die Stricke und zwar pünktlich.« Jetzt, sagte Busse, könne Klotzkopf zeigen, was in ihm stecke.

»Für wat brauchen Sie die dann?«

»Zum Teufel!«

Busse spuckte aus, ließ ihn stehen und fuhr jetzt *mich* an: »Steigen Sie aus!« Ich verließ den Wagen.

»Herr Obersturmführer!«

»Sie fahren zum Gendarmerieposten. Postenführer Grossinger wird Ihnen zwei Gefangene übergeben. Den einen bringen sie nach Moselay, den anderen hierher. Noch Fragen?«

Diese Frage stellte er zwar, wirkte aber nicht so, als erwartete er eine Antwort. Im Gegenteil! Die Frage bedeutete: Keine weiteren Fragen! Das wird mir klar, wenn ich jetzt darüber nachdenke. Heute Morgen geschah alles in einer solchen Eile und Unruhe, daß ich, verwundert über diesen Auftrag, der mit meinem Posten als Fahrer nichts zu tun hatte, automatisch fragte: »Zu Fuß?« Ich fühlte sofort, daß ich mit dieser Äußerung ins Schwarze seines Unmutes getroffen hatte und erwartete eine seiner schrecklichen Reaktionen, doch er sagte recht sanft: »Sie haben doch ein Auto.« Ich war unsicher wie nie. Hatte ich ihn wirklich richtig verstanden? Doch ich stellte keine Fragen mehr.

Der Weg vom Lager zum Gendarmerieposten in der Ortsmitte von Tessem ist so kurz, daß es sich kaum lohnt, dafür den Motor anzulassen. Die Moselkäffer sind so eng und so klein, daß man am besten alles zu Fuß unternimmt. Mit der Karre komme ich mir hier manchmal vor, als führe ich den Leuten damit durch die gute Stube. Sie treten zur Seite, wenn ich komme, und im Rückspiegel sehe ich ihre Gesichter. Sie stecken die Köpfe zusammen und tuscheln: »Dat is dat Auto vom KZ.«

Wie sollte ich in dem Automobil einen Gefangenen

überwachen, während ich am Steuer saß und mich auf die Fahrt konzentrieren mußte? Sofort fiel mir der Wachtmeister Leber ein, wie dieser Dummkopf den Russen an sein Fahrrad gekettet hatte. Ein auch nur entfernt vergleichbares Bild wollte ich auf keinen Fall abgeben. Wie hatte Busse sich das nur vorgestellt? Vielleicht könnte ich dem Gefangenen das Steuer überlassen und mich auf Busses Platz hinter ihn setzen und ihm die Pistole an den Kopf halten. Aber würde er das Fahrzeug auch beherrschen können? Wahrscheinlich handelte es sich um einen Polen oder Russen, der noch nie eine Karre von innen gesehen hatte. Und wenn? Angenommen, der Gefangene bliebe von meiner Waffe unbeeindruckt – sowas gibt es! – und führe, wohin er wollte, würde ich dann meinen Fahrer in voller Fahrt erschießen? Das wäre Selbstmord. Würde ich ihn erschießen, wenn er die Karre in den Straßengraben lenkte, um so Zeit zu gewinnen und zu flüchten? Wohl kaum! Mein Auftrag lautete, einen nach Moselay, einen nach Tessem zu bringen, nicht, sie zu töten. Und daß sie heil ankamen, darauf legte Busse großen Wert, das hatte ich gemerkt. Mir blieb wohl nichts anderes übrig, als sie dermaßen mit Stricken einzubinden, daß sie Stunden brauchten, sich zu befreien. Aber ich bin nicht gerade ein Künstler im Fesseln. Vielleicht würde mir jemand beim Gendarmerieposten behilflich sein. Nur nicht Leber!

Klein und dicklich füllte der Postenführer den Türrahmen der Polizeiwache zu beiden Seiten hin aus. Über ihm aber hätte die gleiche Figur noch einmal in den Rahmen gepaßt. Ich sprach zu ihm von den Sorgen, die ich mir bezüglich des Gefangenentransportes machte, doch er beruhigte mich schnell, klopfte mir lachend auf die Schulter und sagte: »Die Letzebuerger tun nicht mehr viel, kommen Sie mit.« Dabei betonte er das Wort *Letzebuerger* und karikierte so das Kauderwelsch, das dort gesprochen wird. Ich stieg hinter ihm die Kellertreppe hinunter. Für ihn war sie fast zu schmal, für mich zu niedrig, und ich rammte mir prompt den Kopf genau an der Stelle, die auch jeden Morgen an das Winkeleisen des Bettgestells rasselt.

»Moment, bitte, ich mache Licht.« Eine schwache Glühbirne schickte ein paar Lichtstrahlen in das Gewölbe, zu spät für meinen Kopf. Der Kellerraum war unterteilt in Verschläge aus rostigen Moniereisen, die, behelfsmäßig zusammengeschweißt, als Gefängniszellen dienten. Ein eckiger Lichtschein stach aus einem Winkel gleich unter dem Deckengewölbe herein, das einzige Fenster hier unten. Darunter kauerte ein Häuflein Mensch, geschoren, mit dikken Augen, na, wie die Kerle hier bei uns halt aussehen, trug aber Zivilkleider. Kein Zebra.

»Den nehmen wir zuerst«, der Postenführer zeigte in eine dunkle Ecke, »der soll nach Moselay. Ich habe heute morgen mit Busse telefoniert und alles besprochen.« Er redete mit mir, als sei ich eingeweiht in das, was sich zusammenbraute. »Ist gut«, antwortete ich und ließ mir nicht anmerken, daß ich keine Ahnung, sondern nur einen Befehl zum Transport zweier Gefangener im Wagen des Lagerkommandanten und die Sorge hatte, diesen Befehl auch ordnungsgemäß und zur Zufriedenheit meines Vorgesetzten auszuführen. Erst jetzt sah ich die Umrisse einer zweiten menschlichen Figur hinter den Gittern. Der Postenführer rasselte mit Ketten und Schlüsseln und schob ein Eisengestell zur Seite, eine Art Tür, durch die ich in die Zelle trat. Der Mann schien sehr tief zu schlafen oder war bereits tot. Er lag auf dem Fußboden, die Arme um die Knie geschlungen und seitlich hingerollt wie die Kinder, die man schwangeren Jüdinnen aus dem Bauch herausschneidet, um sie zu untersuchen. In der *Woche* war ein solches Kind unter der Überschrift »*Juden müssen der Erforschung arischen Lebens dienen*« abgebildet, mit einem interessanten Artikel dazu.

Der Postenführer trat dem Mann ein paarmal in den Hintern und rief: »Aufstehn!« Das half aber nichts. Erst als wir ihn zusammen unterhakten und auf die Beine stellten, hob er den Kopf und sagte etwas zu meiner Überraschung auf Deutsch. Dann setzte ein solcher Hustenanfall ein, daß ich fürchtete, er würde den Postenführer und mich gegen die Moniereisen blasen, die bei der kleinsten Berührung in ganzer Länge zu wackeln und derart zu rappeln begannen, daß meine Befürchtung, sie könnten über uns zusammenklappen, sicher nicht unbegründet war. Durch den Husten hatten sich Blutgerinnsel in seiner Lunge gelöst, die während der Hustenstöße aus seinem Mund in meine Richtung geschossen kamen und mir die Uniformjacke versauten. Als der Mann sich etwas beruhigt hatte, bugsierten wir ihn die Treppe hinauf und durch den Flur nach draußen, warfen ihn auf die Rückbank meiner Karre, wo er wieder die Judenkinder-Stellung einnahm. Ich hatte die Sitze mit alten Zeitungen abgedeckt. Sie waren mit allen möglichen Säften und Sekreten verschmiert und bekleckert, als ich ihn der Lagerwache in Moselay übergab. Den Sitzen aber war nichts passiert.

Wieder stand der Postenführer im Türrahmen, klein und rundlich, als wolle er hier Wurzeln schlagen.

»Lassen Sie sich von Wachtmeister Leber neue Zeitungen geben.«

Meine Augenbrauen zogen sich automatisch nach oben und die Mundwinkel nach unten, als ich das Wort *Leber* hörte.

»Hat der dir dat schöne Auto verwutzt?«

Leber trat hinter den Postenführer.

»Ja«, antwortete ich, »hat er« und dachte: *Halt die Fresse, Arschloch!*

Leber war es auch, der diesmal mit mir in den Keller stieg, den zweiten Gefangenen heraufzuholen.

»Dat is mir och schon passiert«, sagte er, als ich wütend aufschrie, weil ich mir auf der Kellertreppe den Kopf wieder an der gleichen Stelle stieß wie vorhin.

»Dat sin Wunde, die heilen.«

»Halt die Fresse!« sagte ich jetzt laut, ohne Rücksicht.

»Wat is dann?« fragte Leber dumm.

Der Mann hinter dem Verschlag war aufgestanden und trat sogar einen Schritt auf uns zu. Er hustete dumpf. Leber brauchte Stunden, die Gittertür zu öffnen.

»Wohin werde ich gebracht?«

»Wirst de schon noch sehn. Halt de Mund?«

»Rauf ins Lager«, sagte ich.

Der Mann sprach einwandfrei deutsch und wollte von mir wissen, was mit ihm geschehen würde.

»Weiß ich nicht.«

Er glaubte mir kein Wort.

Jetzt war es doch Leber, der mir helfen mußte, dem Gefangenen die Füße und Arme zu fesseln, wobei Leber sich, das muß ich zu seiner Ehrenrettung gestehen, gar nicht so blöde anstellte, wie ich es befürchtet hatte. Kaum daß ich die Karre angeworfen hatte und mit dem Gefangenen losfahren wollte, begann der Mann hinter mir zu schreien wie ein Tier. Dann kotzte er Blut, und ich war froh, die Karre gut mit frischen Zeitungen ausgepolstert zu wissen, denn schließlich mußte Busse dort wieder Platz nehmen.

Auf einmal war er still. Dann rief er plötzlich: »He!«

»Was ist?«

»Wo ist Will hingekommen?«

Ich vermutete, daß er den Mann meinte, der mit ihm zusammen im Keller gesessen hatte und sagte: »Nach Moselay. Dem geht's noch schlechter als dir.«

»Was habt ihr mit uns vor? Werden wir gehängt?«

Langsam ging er mir mit seiner Fragerei auf die Nerven: »Ich sag dir doch, ich weiß es nicht!«

Ich hörte, wie er würgte. »Sagen Sie Will, wenn Sie ihn sehen...«

Wir näherten uns dem Lagertor. Es ist gefährlich, mit Gefangenen zu reden. Genau genommen ist es gefährlich, beim Gespräch mit Gefangenen beobachtet zu werden.

»Halt jetzt die Klappe!« befahl ich. »Wir sind da.«

Er sprach einwandfrei deutsch. Manchmal klang vielleicht ein Ton französisch mit. Ich dachte noch: wahrscheinlich hat er sich seine Lage selbst zuzuschreiben.

Das Tal glich einer großen Waschküche. Man ging langsam, um nicht irgendwo anzustoßen. Sogar der Boden, auf dem man stand, war nur in Konturen zu erkennen. Ich war mir selbst nicht mehr sicher, ob einer jener strahlenden Sonnentage oder nicht doch eher der Weltuntergang heraufzog. Ich hatte die Karre wieder in Ordnung gebracht, die Zeitungen rausgeschmissen und verbrannt, die Sitze kräftig durchgeklopft und gebürstet und wartete am Lagertor auf Busse und auf neue Befehle. Nichts Besonderes. Warten ist ja eine meiner Hauptaufgaben.

Zum Glück grenzen die Gemüsegärten der Tessemer fast an den Lagerzaun. Ich muß mich nur wenige Schritte weit durch den Dunst vortasten, und schon stehe ich an den üppigen Himbeerhecken, mit denen die Bauern ihre Grundstücke abgrenzen, Naturzäune, deren Früchte nicht nur eßbar, sondern ein Passahfest für Zunge und Gaumen sind. Passahfest, was rede ich? Ein Reichsparteitag für die Geschmacksnerven sind diese Himbeeren! Sie hängen in allen Reifestufen in dem dornigen Geäst: ganz kleine, noch grüne Beeren, dann welche mit einem Schimmer von Rot, dazwischen die Roten, dick und prall vor Saft, und schließlich die alten Schwarzen, die bei der kleinsten Berührung abfallen. Das sind die besten. Eine einzige Beere füllt den Mund bis in den hintersten Winkel mit Geschmack und Süße. Nur solche pflücke ich. Ich halte die Hand wie einen Kelch geöffnet unter die Frucht, tippe sie leicht an, dann fällt sie schwer und müde im meinen Handteller. Eine solche Beere will gegessen werden, und man muß sie erlösen.

Vom Lager war von hier aus nichts zu sehen, und ich merkte, daß ich auch meine Karre aus den Augen verloren hatte. Ich eilte vorsichtig in die Richtung, wo sie stehen mußte. Weit konnte es nicht sein. Erst jetzt bemerkte ich die Unruhe, die rasende Geschäftigkeit, die aus dem Lager zu mir herausdrang. Plötzlich hörte ich Schreie. Befehle wurden gebrüllt. Die Worte schlugen durch das Nebeldickicht zu mir nach draußen, wie Hiebe. Wo war die Karre, verdammt? Ich war unsicher. Hatte ich sie wirklich beim Torpfosten, links vom Tor abgestellt, wie immer? Nein, nein, das muß weiter Richtung Wachturm gewesen sein. Aber hier ist nichts. Wo, verdammt, ist die verfluchte Karre? Der verdammte Nebel hat die verfluchte Karre versteckt.

»Wie bitte?«

»Ich sagte, der verdammte Nebel hat die verfluchte Karre versteckt!« Da durchfuhr es meinen Körper, als hätte ein Blitz in mich gehauen. Hatte ich irgendwo ein freiliegendes Stromkabel berührt? Am Zaun? Ich wurde geschüttelt, wie von Geisterhand.

»Ist da jemand?«

Als Antwort hörte ich ein Zischen in der Luft, noch bevor ich ein scharfes Ziehen in den Kniekehlen spürte. Der Schmerz schaltete den Strom ab und erlöste mich. Doch gleichzeitig stieg Busses Gesicht vor mir auf wie ein Gestirn.

»Sie sind ein Versager!«

»Jawohl, Herr Obersturmführer«, antwortete ich automatisch.

»Sie sind aber auch ein guter Autofahrer, das ist Ihr Glück. Ich gebe Ihnen eine Möglichkeit, sich zu bewähren.«

»Vielen Dank, Herr...«

»Das ist Ihre letzte.« Er betonte jedes Wort, legte nach jedem eine quälende Pause ein. Ich wurde von einem zunächst hauchfeinen Schütteln gepackt, vor allem in den Armen und in den Oberschenkeln. Dann spürte ich, daß auch mein Mund und meine Wangen unkontrolliert vibrierten. Ich wollte mich zusammenreißen, doch mein Körper ging mit durch, tat mit mir, was er wollte. Ich fürchtete, ohnmächtig zu werden. Busse tat, als nähme er meinen Zustand nicht wahr.

»Hören Sie genau zu«, sagte der. »SIE...« – und machte wieder eine unerträgliche Pause. Er stand dicht vor mir. Ich fühlte seine Finger an meinem Krawattenknoten hantieren, glaubte, er wolle den Sitz der Krawatte korrigieren, zog aber den Schlips vor meinem Hals zusammen. Ganz langsam.

»SIE sind mir für den sauberen Ablauf der Exekutionen verantwortlich.«

»Exekutionen«, wiederholte ich, »jawohl.«

»Wir werden sechs hier in Tessem und sieben in Moselay hängen. Zehn Russen und Polen und drei Italiener. Aber das braucht Sie nicht zu interessieren. Die beiden Gefangenen von heute morgen, die Sie aus dem Bunker des Polizeipostens geholt haben, werden die Exekutionen durchführen. Sie werden sich womöglich sträuben. *Ihre* Aufgabe ist es, dafür zu sorgen, daß sie es tun. Ich gebe Ihnen ein Zeichen, wenn es soweit ist.«

Dann sagte er noch einmal, und sein Gesicht erschien riesengroß vor meinen Augen: »Halten Sie sich bereit. Es ist Ihre letzte Chance.«

Wollte ich das Moseltal wieder gesund und lebend verlassen, wollte ich zu meiner Mucki nach Berlin zurückkehren, wenn der Krieg vorbei war, ein ordentliches Leben führen, wollte ich nicht selbst im Tunnel enden wie der arme Sönnlein, dann mußte ich jetzt meinen Mann stehen. Dann mußte ich tun, was von mir verlangt wurde. Busse hatte mehr als genug Geduld mit mir gezeigt. So oft schon. Wie konnte ich nur die Karre im Stich lassen wegen einem Maul voll Himbeeren? Wie konnte ich nur? Wie konnte ich nur meine Stellung, ja mein Leben aufs Spiel setzen, und das heute, an einem Morgen, der gewiß kein alltäglicher war, für einen kurzen Genuß?

Die Häftlinge waren nicht in den Tunnel ausgerückt, sondern standen angetreten in Fünferreihen auf dem Appellplatz. Aber nicht alle. Eine Gruppe Gefangener lief vor dem angetretenen Menschenblock im Kreis, nackt, was bei uns nichts Besonderes ist. Man konnte das als eine Art Turnübung verstehen, gewissermaßen als festliche Einleitung für das, was bevorstand. An Sonntagnachmittagen, wenn Freizeit ist und nicht gearbeitet wird, kann man sie stundenlang so laufen sehen. Busse nennt diese Übung Leibeserziehung, und wenn Leibeserziehung angesagt ist, müssen sich die Männer vorher ausziehen. In Wirklichkeit ist es wie im Zirkus.

Der Nebel war dünner geworden. Endlich konnte man einigermaßen sehen. Vor dem Lagertor waren Kraftfahrzeuge vorgefahren. Gestapo. Mein Blick fiel auf die Himbeerhecke. Über der Mosel hatten sich an einigen Stellen Sonnenstrahlen durchsetzen können und ließen dort, wo sie auftrafen, die Wasseroberfläche flackern.

Zwei zivile Herren mit Hut und Anzug entstiegen einem der Wagen. Sehr wichtig! Beide Flügel des Lagertors wurden aufgeschoben. Feierlich traten sie ein. Vielleicht, weil Busse ihnen entgegenging, auffallend aufrecht und stramm, um sie zu begrüßen. Am kleinen Lastwagen draußen wurde gebrüllt. Jemand stieß die Männer von der Ladefläche. Ich zählte sechs, die Delinquenten. Sie erhielten Stöße und Tritte, bis sie sich in einer Reihe hintereinander aufgestellt hatten. Jetzt glaubte ich meinen Augen und mehr noch meinen Ohren nicht zu trauen. Die Gruppe setzte sich im Gleichschritt in Marsch und begann auf Befehl zu singen.

Aus dem unglaublichen russisch-polnisch-italienischen Gesangswirrwarr, das die Gruppe von sich gab, war herauszuhören:

Alle Vögel sind schon da
Alle Vögel alle
Haben sich nicht gut betragen
Werden aufgehängt am Kragen
Wünschen Euch ein frohes Jahr
Lauter Heil und Segen

Wer ihnen das nur beigebracht hatte? Hatte die Gestapo in Koblenz wirklich nichts besseres zu tun, als mit ihren Gefangenen Galgenlieder einzüben?

Sechs Stricke baumelten über mir, unten zu einer Schlinge geknüpft. Klotzkopf hatte sie an die Äste der Akazien geknotet. Auf dem Boden darunter stand ein Schemel. Nur einer. Die Nackten hatten aufgehört im Kreis zu laufen. Sie waren, immer noch ohne Kleider, in einem gesonderten Block angetreten. Wie sich im Laufe des Tages herausstellte, waren sie dazu bestimmt, die Erhängten am Nachmittag von den Bäumen zu holen, in Holzkisten zu legen und diese zuzunageln für den Transport nach Mainz, wo die Leichname aus unseren Lagern verbrannt werden. Erst wenn sie diese Arbeit verrichtet hatten, durften sie ihre Lumpen aus Leinen wieder anziehen.

Für den Leichenfahrer aus dem Ort sind unsere Lager ein gutes Geschäft. Ich habe mich einmal mit ihm unterhalten. Er fährt täglich, wie er sagte, mindestens eine Tour nach Mainz, und von den Kisten kann er bis zu vier in seinem Wagen verstauen. Er bekommt gutes Geld von der SS dafür gezahlt. Ich will dem Mann das Geschäft nicht kaputt machen, aber ob Busse schon mal durchgerechnet hat, ob der Bau eines kleinen Krematoriums hier am Platz nicht billiger käme als die ständigen Fahrten? Platz wäre genug. Ich schätze, von hier bis Mainz sind es gut hundert, hundertzwanzig Kilometer. Und das täglich hin und zurück! Wer weiß, wie lange der Betrieb hier noch laufen wird? Die Firma Bosch hat zwar vor einigen Wochen die Produktion im Tunnel begonnen, doch die fälligen Bauarbeiten sind noch lange nicht abgeschlossen, und Wartungsarbeiten werden immer anfallen. Der Russe muß im Osten wieder zurückgedrängt, der Ami und der Engländer in Frankreich wieder über den großen Teich zurückgeschickt werden; das geht nur, wenn die deutsche Produktion ans Laufen kommt, wenn wieder eine deutsche Luftwaffe aufgebaut werden kann, das bedeutet Arbeit, Arbeit, Arbeit. Und dazu sind unsere Häftlinge hier. Auch nach dem Endsieg wird es genug zu tun geben, und das Polenproblem ist ja auch noch lange nicht gelöst. Solche Lager wie die unseren, sagt Busse, haben den erfreulichen Nebeneffekt, die Polenfrage gleich mit zu beantworten. Stück für Stück. Gar nicht so dumm, unsere SS. Von der Warte her hatte ich mir das noch nie besehen. Wenn unsere Lager also diese, ich will es mal Doppelfunktion nennen, erfüllen sollen, dann wird man über kurz oder lang auch an einem eigenen Krematorium nicht vorbeikommen können. Denn Polen ist groß und dahinter liegt ja auch noch Rußland.

SS marschierte auf. Busse und SS-Augenklappe voran. Dahinter die zwei von der Gestapo, einige, die ich nicht kannte, zum Schluß Grossinger, die Kugel mit Beinen und – der durfte nicht fehlen – Leber. Als er mich unter den Galgen stehen sah, zeigte er mir zum Spott mit der ausgestreckten Hand eine lange Nase, das Arschloch. Ich trat zur Seite, unter den Stricken weg. Neben mir stand jetzt der Gefangene aus dem Polizeibunker, der zum Glück Luxemburger war und deshalb meine Instruktionen über die Exekution problemlos verstanden hatte. Ich hatte gesagt, wenn du deine Haut retten willst und meine mit, dann tu, was ich dir sage. Ich erklärte ihm, daß er den Delinquenten den Strick um den Hals legen und, ohne dabei hinzusehen, dem Schemel einen Tritt verpassen solle. Er fragte: »Werde ich denn verschont?« Ich sagte: »Das weiß ich doch nicht!«

Plötzlich wurde es still im Lager. Jedes Gemurmel versiegte. Die Erde hatte den Nebel noch immer nicht ganz geschluckt. Ein Hin-und-Her-Geflimmere zwischen Sonnenlicht und Trübnis lag über der Szenerie. Man war versucht, sich die Augen zu reiben, um das verschwommene Bild beiseite zu wischen. Die Häftlinge standen noch immer, so unbeweglich es eben ging, in Fünferreihen, den Blick geradeaus auf die Bäume gerichtet. Die Herren hatten sich vor ihnen aufgebaut. Die sechs Verurteilten wurden auf meine Weisung hin auf den Boden geworfen. Mit einem Mal fuhr, wie zur Eröffnung des Rituals, der Wind in die Baumkronen. Die Blätter rasselten wie zarte Ketten aus Laub. Die Stricke begannen an den Ästen zu schaukeln und ließen einen Moment lang vergessen, wozu sie dort hingen. Präzise bildete sich die Landschaft vor unseren Augen ab und legte einen Mantel aus tausend Schattierungen von Grün über unsere Armseligkeit hinter Wachtürmen, Holzpfosten und Stacheldraht. Der Wind hatte die letzten Nebelreste davongejagt. Aber es half nichts.

Ein Gestapo trat einen Schritt vor. Sehr bedeutungsvoll. Jeder spürte, jetzt geht der Zauber los. Ich wollte meinem Luxemburger schon einen Schubs in die Rippen versetzen und ihm sagen, daß er anfangen solle, als der Gestapo zu einer Rede ansetzte. Nach jedem Satz machte er eine Pause und wartete, bis drei Übersetzer das Gesagte in drei verschiedenen Sprachen wiederholt hatten.

»Ihr alle seid hier, weil ihr euch unterschiedlicher Verbrechen schuldig gemacht habt. Viele von euch sind Diebe und Mörder und hätten eigentlich den sofortigen Tod verdient. Aber wir haben ein Nachsehen mit euch. Andere von euch sind arbeitsscheues Gesindel, Zigeuner und andere Lumpen, aber wir geben euch Gelegenheit zu zeigen, daß ihr arbeiten könnt, wenn ihr wollt. Wieder andere stammen aus Gegenden dieser Erde, die seit jeher dem Deutschen Menschen zubestimmt sind, Gegenden, deren Boden ihr über Jahrhunderte mit eurem Dreck besudelt habt. Ihr seid hier, um dieses Unrecht, das ihr am Deutschen Volke begangen habt, zu sühnen, und ihr seid hier, um die heilige Deutsche Erde freizumachen von der Schmach, die ihr über sie gelegt habt, damit sie zugeführt werden kann ihrer tiefsten und heiligsten Bestimmung. Euch geben wir Arbeit, damit ihr büßt für begangene Ungerechtigkeiten am Deutschen Volk und seinem Führer Adolf Hitler.

Vor euch im Dreck liegen fünf Polen und Russen aus euren Reihen. Sie haben nur noch den Tod verdient. Die Polen und Russen sind schuldig, weil sie einen Ausbruch aus diesem Lager unternommen und dabei rücksichtslos deutsches Eigentum beschädigt und entwendet haben. Sie sind schuldig, weil sie als Flüchtlinge bei Nacht und Nebel deutsche Häuser überfallen und darin geplündert haben. Das Deutsche Volk und sein Führer Adolf Hitler verurteilten sie dafür zum Tode. Vor euch im Dreck liegt ein Italiener aus euren Reihen. Er ist schuldig, weil er als Gefangener des Deutschen Reiches dieses durch illegale Beschaffung von Nahrungsmitteln und anderen Gegenständen beraubt hat. Er hat außerdem geheime Informationen übermittelt über die Arbeitsstelle, auf der ihr alle beschäftigt seid, und über den Tunnel, in dem ihr alle angehalten seid, euer Bestes zu geben. Er ist schuldig, weil er damit einen Verrat begangen und euch alle mit verraten hat. Er hat nur noch den Tod verdient. Laßt es euch eine Lehre sein: Nutzt nicht den Großmut und das Nachsehen, das wir mit euch haben, schamlos aus wie diese Verbrecher vor euch im Dreck, sonst ereilt euch das gleiche Schicksal noch schneller als ihr denkt!«

»Anfangen!« Busse gab das Zeichen.

»Los, fang an!« befahl ich meinem Luxemburger. »Einer nach dem anderen, wie wir es besprochen haben.«

Er war selbst halbtot, hüstelte fast ununterbrochen und spuckte blutig aus. Ich half ihm, den ersten Gefangenen aufzuheben. Keiner der Verurteilten machte Anstalten sich zu wehren. Ein Häftling, der im normalen Leben Arzt war, hatte den Auftrag erhalten, jedem der Todeskandidaten eine Beruhigungsspritze zu verpassen. Und niemand war seliger als ich, daß diese Spritzen hervorragend wirkten. Den Männern schien es gleichgültig zu sein, daß sie gehängt wurden. Sie standen träge auf und schlurften müde die paar Meter, wo sie den Schemel unter der Schlinge besteigen mußten. Auch mein Luxemburger war brav. Er kletterte hinter dem ersten Verurteilten auf eine Holzstehleiter, legte dem Mann die Schlinge über den Kopf, stieg von seiner Leiter herunter und gab dem Schemel, auf dem der Mann stand, einen Tritt, wie ich es ihm gesagt hatte. Jetzt begann das Warten. Busse hatte angeordnet, daß die sechs Männer nicht gleichzeitig, sondern nacheinander erhängt werden sollten. War der erste tot, kam der nächste an die Reihe und so weiter. Zur Begründung für dieses Vorgehen wurde gesagt, es gäbe nur einen Schemel im Lager, was natürlich nicht stimmte. Ein solcher Schemel steht vor jedem Bettgestell. Die Stricke waren sehr kurz und hatten zwischen Ast und Hals so gut wie kein Spiel. Wenn der Luxemburger den Schemel weggetreten hatte, sackte der Körper nicht mit einem Ruck nach unten. Das wäre wünschenswert gewesen, dann hätte der Strick mit Wucht die Halswirbelsäule durchschlagen und der Erhängte wäre schnell gestorben. So wurden die Männer langsam durch den Strick erwürgt. Wenn sie erst einmal hingen, schienen sie aus ihrer Lethargie zu erwachen, und ihre Körper wanden und krümmten sich im Todeskampf, und es dauerte Minuten, bis sie schlaff und bewegungslos herabhingen.

Zum Schluß wurde der Italiener erhängt.

Der Luxemburger bestieg die kleine, breitbeinige Stehleiter hinter dem Hocker, auf dem der Italiener aufrecht und reglos stand. Abwesend schien sein Blick sich irgendwo im Wald am Hang des Moselberges festzuhalten, bis ihn die Schlinge am Kopf streifte und weckte. Jetzt schien er zu begreifen: ihm blieben nur noch Sekunden. Ich hörte, wie er sich bei seinem Henker bedankte, hastig und auf deutsch. Für was, habe ich nicht verstehen können. Sicher nicht für den Dienst, den dieser dabei war, an ihm zu verrichten. Ich sah, wie der Luxemburger einen Moment innehielt und die Augen schloß, so, wie es manche Leute tun, wenn sie beten. Mit einem Satz sprang er von der Leiter, gab wie ein gequältes Tier heulende, jammernde Laute von sich und trat wütend mit einer solchen Wucht gegen den Schemel unter den Füßen des Italieners, daß eines der Holzbeine in der Mitte durchbrach. Dann umklammerte er mit beiden Armen die Oberschenkel des Italieners, zog mit zwei, drei kräftigen Rucken an dem hängenden Leib und ersparte ihm so ein qualvolles Erwürgen. Der Italiener war tot. Niemand, auch nicht die SS, hat dem Luxemburger diese eigenmächtige Handlung vorgeworfen oder zum Verhängnis werden lassen. Nur wenige Minuten später rückte er unbehelligt mit der Häftlingskolonne in Richtung Tunnel zur Arbeit aus. Er fiel auf, weil er zwischen den ganzen Zebras als einziger seine Zivilkleider trug.

Den meisten Toten steht die Erlösung vom Leben im Gesicht geschrieben. Mit dem letzten Aufbäumen, kurz bevor sich Sterbende ihren Peinigern für immer entziehen, scheinen sie alle Schmerzen und Leiden von sich zu werfen, um sie bei uns, den Lebenden, zurückzulassen. Jene aber, die durch Erhängen abtreten, nehmen ihre Schmerzen mit in den Tod. Jedenfalls die, die durch den Strick langsam und qualvoll erwürgt werden. Diese hängen erst einen Moment still. Dann aber beginnt ihr Kampf gegen den Tod mit einer Heftigkeit, als könne er tatsächlich gewonnen werden. Sie drehen die Schultern, biegen sich in den Hüften, winkeln ruckartig die Beine an, stemmen die gebundenen Arme vom Rückgrat ab und sacken mit jeder Bewegung doch nur immer tiefer ins Seil. Sie verharren Sekunden in den lächerlichsten Posen, bis ihre Körper gebogen und verzogen – der eine früher, der andere später – Ruhe geben.

Der Moselaner Klotzkopf hatte ein mächtiges Kantholz mit den Enden auf die Dächer zweier nebeneinander stehender Baracken gelegt und sieben Stricke in Abständen von ungefähr achtzig Zentimetern daran festgeknotet. Im Moselayer Lager gibt es keine Bäume.

Ich erblickte den Mann aus dem Tessemer Gefängnis, den ich hierher gebracht und den ich bei der Hinrichtung zu beaufsichtigen hatte. Krumm stand er da, gegen die Barackenwand gestützt, direkt unter dem Galgen. Dort kauerte er, weit vorgebückt, und Blut floß aus allen Öffnungen seines Gesichts. Er hielt die Arme, die Hände zu Fäusten geballt, vor der Brust verschränkt. Niemand kümmerte sich um ihn. Er hustete in einem fort, wie aufgezogen, wie schon auf der Fahrt hierher. Das Blut hatte ihm nicht nur das Gesicht verschmiert, auch die Kleidung. Er trug Zivil, war total versaut, bis hinab zum Hosenaufschlag.

Meine Befürchtung, daß die Hinrichtungen wegen dieser Figur weniger reibungslos verlaufen würden als die in Tessem traf leider zu. Ich trat neben ihn, stützte ihn unter den Armen, um ihn etwas aufzurichten, und erklärte ihm, was er zu tun habe: Schlinge um den Hals, Schemel einen Tritt verpassen, fertig. Als einzige Reaktion vernahm ich das Keuchen und Böllern, das aus dem Brustkorb des Mannes heraufschoß wie aus dem Innersten eines Vulkans. Vorsichtshalber ging ich auf Abstand, meiner Uniform wegen, die ja heute morgen schon im Gefängniskeller mit einem ordentlichen Schuß von Blut und Schleimklumpen gesegnet worden war.

Hatte er meine Anweisungen verstanden? Hatte er mich gehört? Oder war er zu sehr mit sich beschäftigt, mit seinem Körper, in dem es tobte? Ich war unsicher, wagte mich aber von neuem an ihn heran. Der Vulkan spie nach vorne, also griff ich ihn von hinten, zog ihn hoch und schüttelte ihn so gut es ging: »Hast du gehört, was du zu tun hast?«

Der Zauber begann auf die gleiche Art wie in Tessem. Wichtigtuerisch die Gestapo. Stramm und stocksteif unsere SS. Der Appellplatz übervoll mit teils nackten, teils in Lumpen steckenden KZ-Figuren, angetreten in Fünferreihen. Vor der ersten Linie hatte man auf Strohsäcken die Kranken aufgereiht. Apathisch, stöhnend wälzten sie sich in der Vormittagssonne dieses blitzblanken Julitages. Ein Bilderbuchwetter. Aber das ließ die Vorgänge jetzt vollends ins Unwirkliche abgleiten.

Am Lagerzaun erblickte ich Mellenkamp, den Ortsgruppenleiter. Er war mit einer Gruppe Moselayer Frauen und Männer gekommen, und sie waren bei allerbester Laune. Ich verstand kein Wort von dem, was sie redeten, aber ich wette, daß Mellenkamp seine begeisterte Zuhörerschaft wieder mit einigen seiner furchtbar originellen Witze unterhielt. Die Moselayer hatten sich herausgeputzt, als ginge es zur Kirmes. Die Männer hatten als großflächigen Hintergrund für das stolze Herzeigen ihres Parteiabzeichens den Sonntagsanzug gewählt, und die Frauen brachten mit ihren frischen, buntgeblümten Sommerkleidern eine wohltuende Unruhe in das Bild.

Seit ich nicht mehr zur Wachmannschaft gehöre, habe ich keinen Stock mehr benutzen müssen. Doch was blieb mir jetzt anderes übrig, wollte ich den blutspuckenden Mann dazu bringen, seine Arbeit zu tun?

Es war kein Traum, was jetzt geschah, es wirkte nur so. Busse hatte mir das Zeichen zum Anfangen gegeben. Ich schlug den Mann auf die Beine. Ich schonte ihn, denn hätte ich ihn auf den Rücken oder vor die Brust geschlagen, wäre er mir vermutlich gleich zusammengebrochen. Er sagte zwischen zwei Hustenstößen nur kurz »Au!« und verharrte sogleich wieder in seiner gekrümmten Position. Vom Lagerzaun her hörte ich Mellenkamp und seine Moselayer lachen. Mein Mißgeschick amüsierte sie.

»Er soll sie hängen!« hörte ich. Das klang belustigt, wie ein Ruf aus einer Schiffschaukel.

»Du sollst sie hängen!« schrie ich ihn an. »Hast du nicht gehört?« Aber der Mann tat nichts.

Ich wußte mir keinen Rat, und deswegen schlug ich wieder auf seine Beine. Als er zusammenbrach, fühlte ich, daß Busses Blick mich im Rücken traf. Ich wandte mich von dem Gefangenen ab, drehte mich nach dorthin um, wo sich unsere SS und die Gestapo-Leute aufgestellt hatten. Aber was sah ich da? Das durfte doch nicht wahr sein. Sie lachten! Busse *lachte*! Hatte ich ihn jemals frei heraus lachen sehen? Ausgerechnet jetzt war es soweit. SS-Augenklappe fiel Busse lachend in die Arme. Busse betätschelte herzlich die Schulter seines Gegenüber, lachte. Was war los mit ihnen? Die Gestapo-Männer, Klotzkopf, unsere Wachleute; sie liefen umher wie besoffen, so krumm, als hätten sie große Lasten zu tragen, trugen aber in Wirklichkeit nur an ihrem Lachen schwer. Sie begannen zu taumeln, einer nach dem anderen. Johlend und kreischend verbogen sie sich in den Hüften, konnten sich nicht mehr aufrecht halten vor Lachen. Wie sie ihre Oberkörper verdrehten und krümmten! So glich ihre Haltung der meines Gefangen, bevor ich ihn zu Boden geschlagen hatte.

Genau!

Diesem Kerl habe ich es zu verdanken, daß ich öffentlich verlacht werde, nur ihm, der mir ohne Respekt einfach nicht gehorcht, der tut, als wäre ich Luft. Er rührt sich nicht, dieser Lump. Er weigert sich, meinen Befehl auszuführen, den Befehl, der von keinem Geringeren kommt als von Busse. Von Busse selbst! Busses Befehl ist Gesetz. Wer ihm nicht gehorcht, muß sterben. So ist es immer gewesen. Was fällt dieser zerlumpten, blutrotzenden Figur eigentlich ein, sich dermaßen zu widersetzen? Hat er mehr als Prügel verdient? Nein! Also prügele ich ihn. Hat er nicht durch seine Weigerung schon sein Leben verspielt, und damit nichts besseres verdient als den Tod? Und ob! Ich hole weiter aus als zuvor. Mein Pflichtgefühl wächst, größer als ich es jemals empfand. Nun weiß ich, wer ich bin, wozu ich hierhergekommen bin, was ich zu tun habe. Jetzt endlich weiß ich es! Mußte ich älter als fünfzig Jahre werden, um *das* herauszufinden? Meine Aufgabe steht vor mir, klar wie eine Sonne. Es ist mir nicht gleichgültig, wohin mein Knüppel jetzt treffen wird, mit aller Wucht soll er aufschlagen, das ist mein Wunsch. Soll dieser Kreatur doch das Fleisch aus dem Leib gerissen werden von der Gewalt meines Knüppels. Büßen soll er für die Schmach, die Schande, die er mir antut, die sich heute über das Lager senkt und von hier aus das ganze Moseltal besudelt bis hinauf nach Metz, bis hinunter nach Koblenz. Erst wenn er tot ist, ist alles gut, ist alles zu Ende.

Wenn ich mich jetzt wieder Busse zuwende, werde ich sehen, daß ich vorhin nur eine Vision hatte, nur einer kleinen, wenn auch üblen Täuschung unterlegen war, als ich glaubte, er lache. Busse und lachen; wie könnte es sowas geben? Ich sollte morgen den Feldarzt aufsuchen, mein

Kreislauf spielt wieder verrückt. Hatte ich vor dem Krieg auch schon mal. Vielleicht, daß mein Blutdruck wieder zu niedrig ist? Besser zu niedrig als zu hoch, sagt der Feldarzt. Es kann unmöglich wahr sein, daß, während ich den Mann dazu bewegen will, seine Arbeit zu tun, hinter mir alle dastehen und lachen. Unmöglich. Ich reiße mich also zusammen, Kopf hoch und umdrehen!

Um Gott...!

Schlimmer. Schlimmer ist es geworden, alles nur *noch* schlimmer! Jetzt haben auch die Häftlinge zu lachen angefangen. Und die SS tut nichts dagegen. Das ist Aufruhr! Das muß der Beginn eines Aufstandes sein, Revolution! Aber wieso machen *alle* mit? Unbehelligt durch SS und Kapos stehen sie in ihren Reihen, geben sich lässig, drehen sich locker um zu ihren Hinter- oder Nebenmännern, klopfen sich gegenseitig kameradschaftlich auf die Schultern und haben einen Spaß, als hätten sie jeder ein großes Stück Speck mit einer Schüssel voll Bohnen und Kartoffeln bekommen. Die Nackten lachen. Das gibt es doch nicht! Die Zebras lachen, die Halbtoten auf ihren Strohsäcken kugeln sich vor Lachen. Am Lagerzaun bei den Moselayern knallt ein Korken. Mellenkamp reißt die schäumende Flasche hoch:

»Gläser her, Gläser her!
Wer hat noch nicht, wer will noch mehr?«

Ein Heidenspektakel ist hinter dem Zaun zugange. Mellenkamp gießt großspurig ein Getränk in die Gläser und daneben. Eine Frau mit schwarzgepunktetem, grellgelbem Kleid hält mit ausgestrecktem Arm das überschäumende Glas von sich weg.

»Das gibt Flecken!«

»Keine Rotweinflecken!«

Die Frau hatte sich dem hinter ihr stehenden Ortsgruppenleiter zugewandt. Doch jetzt, schwungvoll, wie bei einem Tanz fast, wendet sie sich wieder zum Lagerzaun hin, zu dem Durcheinander hier drinnen, hält das Glas hoch über den Kopf: »Prost!« Ihr Prost verwandelte sich in ein schrilles Lachen. Da erkenne ich die Frau. Mein Kehlkopf verhärtet sich in einem Krampf.

»Bis zum siegreichen Ende!« ruft sie mir zu. »An Kapitulation denkt keiner!«

Ich halte mich an meinem Prügel fest, habe Angst, in die Knie zu sacken. Halt mich fest, Prügel, halte mich!

»Mucki, um Gottes Willen, was machst *du* denn hier? Wie benimmst du dich?« Sie hört mich nicht. Aber ich höre sie übermütig giggeln und gackern. Das hat sie noch nie gemacht in den dreißig Jahren unserer... Mellenkamps Hand erscheint unter ihrem Arm. Das Schwein! Er umfaßt, er knetet förmlich ihre Brust. Sie läßt es zu.

»Mucki, das mußt du dir nicht gefallen lassen!«

Aber sie scheint die Tatscherei sogar zu genießen, läßt den Kopf nach hinten gleiten, mit Genuß!

Die Ordnung im Lager ist völlig aufgelöst. Alle rennen durcheinander. Es knallt. Mehere Schüsse. Die Posten auf den Wachtürmen ballern Leuchtmunition in die Luft, schwenken die Fahnen des Führers, grölen von oben herab, *Die Fahne hoch,* also doch keine Revolution. Unser Wachpersonal, ja sogar unsere SS, alle laufen kreuz und quer mit den Zebras durcheinander. Das ist das Ende. Das ist Anarchie! Auch die Gestapo-Männer sind in der Menge untergetaucht. Hier und da erscheinen ihre Hüte über dem Menschengewimmel, fliegend. Einige der dürren, nackten Häftlinge stehen im Kreis beieinander, reißen Witze, ziehen ihre schlappen Penisse an der Vorhaut in die Länge und tun mit der anderen Hand so, als spielten sie darauf Gitarre, lachen sich einen Ast dabei. Ich sehe, Mucki ruft mir durch den Lagerzaun etwas zu. Mellenkamp, die Drecksau, hält sie voll in der Klemme mit beiden Händen. Und wie sie es genießt, wenn er sie von hinten walkt! Ich verstehe kein Wort mehr.

»Was hast du gesagt?«

Ein Höllenlärm! Achthundert oder tausend Menschen, die lachen, die wiehern aus vollem Hals. Nur mein Luxemburger ist still. Ich setzte ihm meinen Stock auf den Bauch und stoße zu. Will doch sehen, was mit ihm ist. Er sagt nichts, lacht wenigstens auch nicht, hält wohl als einziger noch zu mir, hustet auch nicht mehr.

Außer uns beiden waren alle total aus dem Häuschen. Ich erinnerte mich: Was hatte Busse mir aufgetragen? »Sie sind mir für den sauberen Ablauf der Exekutionen verantwortlich.« Und er hatte mich gewarnt: »Halten Sie sich bereit, es ist Ihre letzte Möglichkeit.«

Ich faßte einen Entschluß. Sieben Todesurteile waren verhängt worden, zu deren Vollstreckung sich niemand mehr in der Lage befand, außer mir. Zwei Dinge waren zu tun: Ich hatte einen Befehl auszuführen, und ich hatte meine Haut zu retten.

Auf den Luxemburger konnte ich nicht mehr rechnen. Ich würde die Kerle also eigenhändig aufknüpfen müssen, dachte ich, also, bring's hinter dich. Aber wo waren sie hin? Hatten sie sich nicht eben noch vor mir im Schmutz des Appellplatzes gewunden wie aufgespießte Regenwürmer? Würden sie etwa irgendwo in der Menschenmasse verschwunden sein, um ihr Leben zu retten, mich aber in höchste Schwierigkeiten zu bringen? Ein Gedanke stach mir durchs Gehirn. Ich fuhr herum mit dem Schrecken des Gedankens in der Brust, und noch in der Drehung fühlte ich: Das konnte unmöglich wahr sein!

Doch es war so. Da hingen alle sieben, fein säuberlich aufgereiht an ihren Stricken, stramm wie Stöcke, und sie begafften mich blöde von oben herab, wie grinsende Affen. Es war windstill. Mach mir doch ein Mensch begreiflich, wie das passieren konnte!

Begriffserklärungen

Grüne	Bezeichnung für Häftlinge, die als Kennzeichnung einen grünen Winkel auf der Jacke tragen mußten. Der grüne Winkel stand für Häftlinge der Kategorie »SV« für »Sicherheitsverwahrung«; später wurde daraus die Bezeichnung »Schwerverbrecher« und »BV« für »befristete Vorbeugehäftlinge«, die noch später »Berufsverbrecher« genannt wurden.
Kapos	privilegierte KZ-Häftlinge, die von der SS als Aufseher gegen ihre Mithäftlinge eingesetzt wurden. Nicht selten brutale Menschen und »echte« Kriminelle im Gegensatz zu vielen »Grünen«.
Mauser	Handfeuerwaffe, benannt nach dem Waffenkonstrukteur Paul von Mauser.
Muselmänner	ausgemergelte Häftlinge, die nicht mehr zum Arbeitseinsatz herangezogen wurden, die wie Gespenster durch die KZ's schlichen und nur noch den Tod erwarteten.
Politische	von den Nazis politisch Verfolgte, die in den Konzentrationslagern einen Roten Winkel als Kennzeichnung tragen mußten. Häufig auch Menschen aus den »Ostgebieten« und Kriegsgefangene.
Tatra	bei der Wehrmacht gebräuchlicher Kübelwagen, Tatra Typ 57 K, der, vom Aufbau abgesehen, weitgehend dem handelsüblichen Serientyp glich. Der Tatra Kübelwagen wurde hauptsächlich bei SS- und Polizei-Divisionen eingesetzt.
Zebras	gängige Bezeichnung für KZ-Häftlinge wegen ihrer blau-weiß gestreiften Kleidung.

Moselfränkische Begriffe

annere	andere
awwa	aber
Bocks	Hose
dä	der
dat	das/daß/welches
e	ein
ebbes	etwas
en	eine/einen
et	es
Guude	Guten *für* »Guten Tag«
geft/jeft	gibt
good	gut
goore	gute
hei	hier
Kenner	Kinder
ma	mir
mir	wir
nochemol	noch einmal
och	auch
off	auf
on't /on dat	an das
owe	oben
rum	vorbei
sät	sagt
soh	sage (als Aufforderung)
wat	was
watze	weinen
widder	wider/wieder